万叶集

まんようしゅう

Man'yōshū

钱稻孙 译

浙江教育出版社·杭州

羁旅歌篇

《万叶集》里有很多背井离乡的作者吟咏思念家人的歌。第十四卷和第二十卷里有防人歌，就是被派往九州驻守的士兵思念家人的歌。《万叶集》里著名的万叶歌人柿本人麻吕作有羁旅歌八首。《古今和歌集》里有羁旅歌一卷。

鸭君足人香具山歌一首

并短歌

译一

天外飞来天香山，迨及春回丹霞丹；
松风湖上生漪涟，晻暖花繁樱树间；
湖鸭相求呼所欢，渚边惊起凫群喧。
若有廷臣退直还，大宫垣外空游船；
舣之无楫棹无竿，亦无舟子但寂然！

译二

天外飞来天香山，
春日到来彩霞烂，
樱花树密疑先晚，
松风里湖上生波，
湖心里呼妻鸭儿喧，
成群野鸭，嬉戏近岸；
只不见退朝宫媛，
荡桨操篙把游船泛。

反歌二首

潜水的鸳鸯和小鸭，
都住在空船；
分明划船人，
久已不见。

永远这般苍古，
香山的杉树下，
青苔满布。

从近江国上来时，刑部垂麻吕作歌一首

马莫加鞭，
我便言旋；
难得几日闲，
在这志贺湖边。

柿本朝臣人麻吕从近江国上来时，至宇治河边作歌一首

译一

王臣之士，八十其氏；
氏河之水驶驶，椮鱼之材齿齿；
白浪澋淢，逝莫知所之。

译二

数不清的臣工八十氏，
流不断的氏河水驶驶；
回旋漏过挡鱼簖，
不知流到何处才停滞。

长忌寸奥麻吕歌一首

好不苦人，
一任雨打；
神崎狭野渡头，
没有人家。

柿本朝臣人麻吕歌一首

译一

淡海之湄，夕波千鸟；
汝也嘒嘒，使我心槁，为思古老。

译二

淡海海上，
夕波千鸟；
你的啼声，
沁透我心，
怀思古老。

高市连黑人羁旅歌八首（译三首）

此日垂之暮，何处是吾庐？
高岛胜野原，游子意踟蹰。

一体吾与妹，今也我独西；
三河二见道，临别不胜凄。

山城多贺皋，游观恨不早；
亭亭枫树林，红叶已辞条。

田口益人大夫任上野国司时，至骏河净见埼作歌二首

庐原的清见亭，三保浦面宽又裕；
果然见来眼目清，心中一点没忧虑。

白日无厌睹，胜景田儿浦；
王期不敢愆，宵行恋恋步。

名所江戸百景
王子音無川堰埭世俗大瀧ト唱
広重画

中纳言安倍广庭卿歌一首

儿家路尚远，行迈恨迟迟；
能否与月竞，玄夜我星驰。

柿本朝臣人麻吕下筑紫国时，海路作歌二首（译一首）

王之远廷，率由是经；
瞻仰岛门，缅思神灵。

幸伊势国之时，安贵王作歌一首

伊势海上浪，
如果是白花，
我要包起来，
带回妹子家。

暮春之月幸芳野离宫时，中纳言大伴卿奉敕作歌一首

并短歌。未径奏上歌

译一

吉野之邦，芳野之宫，
唯山其尔崇，唯水其尔冲；
于戏行在之堂矣，天地其同与长矣，
万世其无改常矣。

译二

三吉野的芳野宫，
乃是行幸的离宫；
因山而崇隆，
因水而清冲，
将与天地而无穷，
万世不改其容。

反歌三首

君家岂无人，跂足待君归？
何独无聊赖，偃卧枕荒矶？

浦曲君偃卧，归期数君妻；
今日又今日，凄其可悲繄！

稳如坐大舟，必君此月归；
但念书何日，守待在空帏。
乃有秉节使，谓君黄叶飞；
我闻心曲乱，恍惚萤火微。
踏地如蹈火，坐立都无可；
迷途朝雾里，不知如何可。
八尺可盈丈，长恸天降祸；
昊天不我吊，哀号无应果。
飘浮任天云，何处君偃坐？
道路绝依随，但有涕滂沱。

反歌

雁起芦岸边，羽色我眷眷；
永怀出门初，背负雁羽箭。

引津亭舶泊之作歌七首（译一首）

雁飞戾天，愿可倩也；
为我传言，宁乐京县。

防人歌

留别而去，恋思吾妹；
惜非弓把，相将于队。

留于后兮，我思痾兮；
何似弓兮，从君狩兮。

戍边发昧旦，送我出柴关；
分手惜离别，荆妻涕泪潸。

留妻在他乡，遥瞩天一方；
念念我行来，其间道路长。

佐婆海中忽遭逆风，涨浪漂流；经宿而后，幸得顺风，到着丰前国下毛郡分间浦。于是追怛艰难凄惆作歌八首（译二首）

兢兢皇命，托身巨舲；
或信或宿，唯命是听。

大海之上，渔火其煌；
俾予得望，大和之乡！

到筑前国志麻郡之韩亭舶泊经三日，于时夜月之光皎皎流照。奄对此华，旅情凄噎，各陈心绪聊以裁歌六首（译一首）

来兹海外能许岛，遥见韩亭海上波；
海不兴波虽有日，我心无日不思家。

六十余州名所圖會
但馬 岩井谷 窟觀音

肥前国松浦郡狛亭船泊之夜，遥望海浪各动旅心作歌七首（译一首）

寄蜣隔峰峦，金雁飞过山；
千万到都中，一逢吾妹还。

见庭中花作歌一首

钦奉大君命，职方到远廷；
来观越国雪，忽已五年更。
不枕纤素腕，未宽衣带萦；
中怀结夜寐，种植且娱情。
瞿麦播篱落，摩罗移夏庭；
花开成独赏，闲步转愁生。
娇艳思美妇，中逢叹未成；
慰心无所以，一日岂能宁？
地僻天涯远，征人有涕零。

天平五年赠入唐使歌一首

并短歌

自此大和奈良都，西下难波乘船初；
住吉三津直渡海，君兹奉使日入墟。
只今惶恐不敢请，住吉大神垂听予；
镇坐舟轴立舟舻，所遇矶碕所泊渠。
无使风涛与相遇，好指安归故国居。

反歌

迄君操舟，归泊三津；
高浪勿威，长波勿频。

阿倍朝臣老人遣唐时，奉母悲别歌一首

极我思兮思无垠，隔天涯兮仰慈云；
日将近兮悲离别，心之痗兮益以纷。

壬申年之乱平定以后歌二首（译一首）

田井荒芜，赤驹匍匐；
维皇斯神，恢作皇都。

巴水

向京路上依兴预作侍宴应诏歌一首

并短歌

伊昔天神在云上，磐石为舟悬天放；
舻舳纷纭鼓楫游，觅到大倭丰国秋。
从天降止扫荡平，千代缵承嗣日明；
逮我神皇御宇中，抚齐物部八十雄；
爱恤四方草莽人，恩溥国中无佚民。
祥瑞由是频奏进，自古以来见斯仅；
垂拱太平万世传，天地日月共悠然。
弘恢八宇吾皇喜，为赏秋花色无比；
锡宴群臣即今日，臣被奇荣难尽述。

闰三月，于卫门督大伴古慈悲宿祢家，饯之入唐副使同胡麻吕宿祢等歌二首（译一首）

译一

丈夫去唐国，愿奉酒一卮；
君命既有成，旋归自此期。

译二

使节成唐国，我待迎归旌；
开樽奉美酒，酌我良戎卿。

天平胜宝七岁乙未二月，相替遣筑紫诸国防人等歌

肃承令旨，明日以往；
与草共寝，无妹于旁。

吾妻思我，必其耿耿；
我饮此水，中见其影。

行行我迈，时遇开花；
何独不遇，曰母氏花？

远江我居，白羽之渚；
今我来兹，尔闭之浦；
苟可望宇，印思与语。

阿母阿爷，苟如其花；
虽则离家，征行宿野，秉奉于遐。

父母居息，宫寝之北；
有草曰百代，百代其无灾，迨及我归来。

不我暇以，绘写吾妻；
苟我暇以，行行我之，以觌以思。

大君我征，畏敬以承；
岩石嶒嶒，乘波兢兢，远父母以登。

今集难波，舰船盛饰，八十其国；
安得有家人，来壮我行色？

难波之津兮，饰舟陈兮；
此良辰兮，发我轫兮，送我无我亲兮。

陈私拙怀一首

并短歌

盖闻上古天皇世，亦尝御宇难波遂；
故事传今称不绝；恐惶敢测神君制；
春初一靡花竞开，色彩缤纷八千卉。
俯瞩河清清澈底，仰见春山山奇丽；
万象欣荣各得所，宸衷豁朗天颜霁；
于时经始难波宫，朝贡喧阗四方至；
舟载崛江曳水脉，溯沿潮汐篙复枻；
若乃出临海滨望，层波八叠弥天际；
渔舟远近点其间，垂钓为君荐鲜脆；
大哉广哉神世来，睹此允宜创始地。

自今而往，言登于路；
为君干盾，义无反顾。

既祷神祇，负我猎矢；
向彼筑紫，是我所知。

松树亭亭，并立如屏；
似我家人，送我于行。

诸国防人，举集乘舸；
悲别闾里，曾莫奈何。

当我所往，惊涛奔雷；
离我在后，少妇婴孩。

吾家门首，五株杨柳；
吾母念我，耕且不休。

千叶之野，儿柏密芾；
我有贤妻，可爱无匹，留别在室。

为防人情思作歌一首

结草以为枕，衷衽以为寝；

衣纽或有绝，君其携此针。

风动丛篁叶，

霜飞夜露寒；

身着七重衫，

未若妻肤暖。

钦奉王命，推无可推；

别离腕枕，悲莫似悲。

昔年相替防人歌一首

黑夜行路，莫知所之；
忆我妹子，问我归期。

卧病悲无常欲修道作歌二首

身在人世，曾无几年；
何如求道，乐彼山川。

欲与流光，竞逐求讨；
庶几重逢，清净之道。

愿寿作歌一首

亦知假得，身如泡影；
犹自愿期，千岁长命。

光逸

属目山斋作歌三首（译一首）

今见君此斋，鸳鸯栖作家；
况后马醉木，皓皓着其花。

二月十日，于内相宅饯渤海大使小野田守朝臣等宴歌一首

瀛看青青，风波和平；

其去其来，舟迅以宁。

杂歌篇

《万叶集》有杂歌一分类，很多研究者认为杂歌是仿中国古籍《文选》杂诗的分类。钱稻孙在翻译杂歌时做了以下的解释：

凡不入相闻，不为挽歌，例当入此。大抵皆行旅游览以至献颂之什，而间亦有可入相闻者，则仁智有不同见耳。

这句话是说，凡是没被编入相闻又不属挽歌的歌，都应编入杂歌。杂歌的内容大都是吟咏行旅、游览之类。不过其中也有歌似可以编入相闻，这大概是见仁见智的关系了。

筐兮明筐，携在旁；

圭兮利圭，执在掌。

之姝者子，采菜在冈。

家其焉居，曷昭尔名？

天监兹大和，

率维我所居，率维我所坐。

我斯其告兮，我名亦我家兮！

祥邨

天皇登香具山望国之时御制歌

大和地方多山丘，

天香具山最丰秀。

登高一望大平原：

地上升烟一缕缕，

海上飞起百合鸥；

好地方呵，好地方；

大和国是秋津洲！

五十三次
鞠子

天皇游猎内野之时，中皇命使间人连老献歌

统治八方的吾王，
御手里梓弓两头长；
白天抚摩不离身，
夜间树在御床旁；
听得到，弓弦响。
此刻吾王出朝猎，
此刻吾王晚围场；
御手里梓弓两头长，
听得到，弓弦响。

五十三次
水口
廣重画

反歌

译一

青青茂草，宇智之野；
崇朝驰践，数多其马。

译二

惊心动魄的
宇智大平野，
一个大清早，
想见许多人马，
深草里奔驰践踏。

幸赞岐国安益郡之时，军王见山作歌

译一

春日永轻霞，夕阳忽已下；
日暮莫分辨，怒焉我心写；
戍子独叹嗟，悲鸣有飞鹕。
肃仰我神王，行幸在高遐；
天风越山来，拂我衣袂过；
朝夕袖手坐，风翻意蹉跎。
丈夫虽自矢，征思不可瘥；
海上牵网浦，煎盐彼女娥；
我心一何牵，心煎可奈何！

译二

春霞缥缈，日长杳杳，
不知不觉黄昏了。
脏腑里独自伤心，
叹息像夜啼的小鸟。
侍奉着神王，
行旅在远道；
过山风，吹得我衣袖飘飘。
朝朝暮暮，离家草草；
一向自夸好汉，
究竟是旅路萧条；
这闲愁，怎得消？
网浦的海女煎盐，
煎得我内心焦了！

五十三次

反歌

译一

山风不时来，中夜难成寐；
念我闺中妇，夜夜长相待。

译二

风从山外吹来，
不是个时儿；
使我通宵睡不着，
心惦着家中妹子。

不由得想起当年，
秋天野地里，
临时割草经营，
盖起那宇治的行邸。

反歌

译一

沧海靡旌云，叆叇映斜曛；

占知今夜月，辉素必可欣。

译二

洋洋大海上，

落日照云彩；

今夜的月光，

清明定加倍。

天皇诏内大臣藤原朝臣，竞春山万花之艳、秋山千叶之彩时，额田王以歌判之歌

译一

藏冬序既更，春来百欣荣；
歇鸣鸟来鸣，含英花吐英。
无奈草木深，难赏春山景。
宁如秋山好，木叶照眼明；
红黄羡彪炳，青绿惜未靓；
虽此微为病，吾欲与秋岭。

译二

冬天过了春天来，
不啼的鸟儿也来啼，
不开的花儿开出花；
无如山上太繁茂，
不得上山采来家；
茂草深深，不得手里拿。
哪比得秋山赏树叶，
红的折来细端详，
青的留待想念它。
就有这点心未畅，
我却还把秋山夸。

额田王下近江国时作歌，井户王即和歌

译一

我恋三轮山，我去步步远；
平山遮未完，崎岖路几转；
不厌数回首，但恨难审观。
如何云无情，忽尔横阻断！

译二

美酒神山三轮山，
我要一路仔细看。
奈良山路曲曲弯，
我要曲曲回头盼；
直到山中不见影，
直到拐弯几万千。
如何云天太无情，
把个山容生遮断！

反歌

译一

云但有情何此忍，三轮遮绝不容看。

译二

云从天上过，
也该留点情；
怎把三轮山，
都叫看不清？

東海道五十三次之内
袋井
廣重画

皇太子答御歌

译一

紫茜同妹艳，能无钟此心？
奈何他人妇，思慕难自禁。

译二

姹紫嫣红的妹子，
不是爱入我心肠；
已然别人妻室，
哪还恋恋不忘？

译一

山深吉野国，峰曜耳我岭，
降雪无定时，零雨无定顷；
似雪不时降，似雨不时零；
曲折我萦思，折曲行山径。

译二

三吉野，耳我岭，
雪来没准时；
雨来没个停。
我走在山中，
恰如下雪无定准；
恰如落雨不曾停。
历乱得千头万绪的心情，
走遍了盘旋曲折的山径。

译一

春既徂欤，夏其来诸；

有暴白纻，香山之陬。

译二

看是春天已过，

夏日来临降；

天香山上，

晾着白衣裳。

过近江荒都时，柿本朝臣人麻吕作歌

译一

昔初襟带亩火山，开国橿原圣天子；
世世宗祧相嗣承，光宅大和垂皇治。
莫测睿虑何所在，北越平山别经始；
陬鄙天涯淡海国，大津潋滟宫殿峙。
但闻大宫尝在此，但说高殿斯其址；
厥见萋其春草生，缥缈如流春霞起；
百宫阊阖今焉在？凭吊徘徊悲何似！

译二

撇下了亩火山旁，
橿原开国以来历代神皇，
治平天下的大和地方；
翻过平山，来这边远的近江，
建造起大津的殿堂；
神皇的圣意，委实莫可推量。
听说大宫曾建在此，
道是大殿就在这厢；
但如今，只见得
春草芃芃，春野茫茫；
想象宫门所在，叫人好不心伤！

反歌二首

水上波纹细细，
这滋贺的唐崎，
船儿空盼待，
没个宫人来至。

微波汩汩，
滋贺的湖岸滩坡；
水自留恋不舍，
哪还能见古人？

幸于纪伊国时，川岛皇子御作歌

或云山上臣忆良作

白浪拍沙滩，
滩上松树连连；
枝头谁挂的敬神绵，
挂来又过了几多年？

幸于吉野宫之时，柿本朝臣人麻吕作歌

译一

八服罔非吾王土，域中郡国难胜数；
芳野独钟山水秀，圣心尤在曲流浒。
不绝飞花秋津原，高大建兹离宫柱；
雍雍游从庙廊臣，朝泛方舟暮竞橹。
川流不息长如此，仰之弥高山万古；
石濑珠溅河上宫，不厌仰瞻万千度。

译二

吾王统治八方，
郡国真也不少；
最是山清水秀，
芳野河边景色饶。
飞花不断的秋津原上，
独得吾王心赏；
盖起了高大行宫，规模宏敞。
百官、宫女，
朝来并舟过渡，
晚来比赛摇橹。
长如这川流不息，
永如这山高稳固。
白玉水珠，飞溅到泷上宫，
百看不厌意无穷。

反歌

看不厌的吉野河边，
芳苔滋润，
永远常存，
愿得重来入觐。

幸于伊势国时，留京柿本朝臣人麻吕作歌

译一

陈舟英虞浦，群从少女俱；
得无潮满头，珠溅玉裳濡。

译二

遥想阿胡浦上，
乘舟出游的宫女们；
定教满潮时候，
溅湿了珠玉衣裙。

短歌

安骑野，夜冥冥，
行人宿露营；
伏贴安眠哪可能，
只为思量旧日情。

望见朝阳刚东上，
回头一看月西倾。

从明日香宫迁居藤原宫之后，志贵皇子御作歌

明日香风吹惯，
采女衣袖翩翩；
如今国都迁远，
只得独自空扇。

誉谢女王作歌

风吹雪花长不断，

想我那哥儿，

岂不衾孤长夜寒！

舍人娘子从驾作歌

男儿挟矢对箭靶，

箭靶浦的景物英华，

果然看得胸中豁达。

三野连名阙入唐时，春日藏首老作歌

对马荒岛，
海上波涛，
好生奉币祷告；
盼你回来早早。

庆云三年丙午幸于难波宫时，志贵皇子御作歌

鸭飞蒹葭涘，羽翼载霜华；
寒气日云暮，我思我大和。

太上天皇幸于吉野宫时，
高市连黑人作歌

大和也应听见，
呼儿鸟，啼过象中山。

和铜元年戊申
天皇御制歌

听得壮士们，
臂上皮鞁作响；
将军部的大臣，
竖起盾牌作警防！

或本从藤原京迁于宁乐宫时歌

译一

经始祗皇命，婉恋辞旧家；
郁纡长谷水，中流泛小艖。
川行八十曲，一曲一眷顾；
行行万回首，忽忽中道暮。
遂来宁乐京，洄沿佐保川；
月夜从舟寝，景物窥澄鲜；
沍寒凝霜帛，河水结冰磐。
宵征靡止息，往还两地间；
营君千载居，愿与亦盘桓。

译二

钦奉的天皇命令，
撇下住惯的家园，
乘坐小船，渡下幽溪泊濑川。
溪河曲曲八十弯，
我一万回掉头看。
一路来，天色已晚，
来到了朱碧辉煌，
奈良京里的佐保川。
这里停船夜宿，后夜的月光，
照得晾衣都光鲜。
霜降在地，白松松一片；
河水结冻，墁下了石板冰砖。

这样的寒夜，我也不休息，

来回做工，给您造成的新殿；

请您来安住一千年，

我也还来问您安。

反歌

朱碧辉煌，
宁乐新盖房，
我也还来往；
直到万世，
莫说相忘。

磐姬皇后思天皇御作歌四首

自从郎君的一去，
日子也已久长了。
还是寻将山里去迎接呢，
还是左等右等地等着呢？

相恋苦如此，未若不开始；
高山有磐石，何如枕之死？

我只当长此相待，
待的是我家郎。
直到我那长拖的
黑发上凝了霜。

秋田笼罩着雾露，
稻穗模糊，
不知几时消去了；
我的相思却向哪里消除？

或本歌曰

译一

将坐以待旦，所待唯我郎；
我发乌以黑，一任降繁霜。

译二

我只当坐以待旦，
待的是我情郎。
哪怕他霜降在
我那乌黑的头发上。

镜王女奉和御歌一首

译一

秋山树下，潜流活活；

翳我繁思，视君有加。

译二

秋山树下的流水，

越见增添；

我藏着的相思，

比君更绵绵。

丹波
鐘坂

天皇赐藤原夫人御歌一首

我这里下了大雪；
大原是古僻的乡村，
还该晚一些时吧。

藤原夫人奉和歌一首

我叫冈上龙神下的雪，
怕是一些零残碎屑，
飞散到那里了。

大津皇子窃下于伊势神宫上来时，大伯皇女御作歌二首

目送吾子，大和之行；
伫沾夜露，迨及鸡鸣。

相偕入秋山，犹自意留连；
料君何堪，越岭身单。

祥邨

大津皇子赠石川郎女御歌一首

曳足上高丘，衣裳沾山溜；
伫延吾待妹，溜湿我衣袖。

石川郎女奉和歌一首

劳君为待我，曳足上高丘；
恨不为山溜，身沾君衣袖。

大津皇子窃婚石川女郎时，津守连通占露其事，皇子御作歌一首

未详

安稳大船，二人同欢；

焉知津守，能卜能占。

但马皇女在高市皇子宫时，思穗积皇子御作歌一首

秋田之穗，一靡所向；
愿向于君，虽人言则王。

但马皇女在高市皇子宫时，窃接穗积皇子，事既形而御作歌一首

译一

我生以来，未尝涉波；
人言寔繁，朝渡斯河。

译二

人言烦以多，侵晨我渡河；
自我有生来，未尝经此过。

名所江戸百景
市中繁栄七夕祭
広重画

反歌二首

天上白驹脚步快，
早已过来远了，
妹子那边。

秋山黄叶，
且莫乱飞，
我要看，
妹子那边。

柿本朝臣人麻吕妻依罗娘子与人麻吕相别歌一首

译一

君谓毋相思，岂知相会期？
未知相会期，能我不相思？

译二

君言毋相念，
不知几时见到面，
我怎得不思恋？

祥邨

大后御歌一首

译一

鱼藻采采，溶溶淡海；
方舟远驶，容舠近涘。
远楫无挨，近棹毋亟！
毋惊鸟起，君遗之爱。

译二

淡海湖上，
离岸划来的船，
靠岸划来的船，
远桨莫狠打，
近桨莫狠扳；
莫惊鸟飞去，
夫君平日所心欢。

反歌

译一

行天之月，维网于载；

伊我大君，以为华盖。

译二

行天之月，系之以网；

以为华盖，覆我君王。

弓削皇子游吉野时，御歌一首

译一

飞瀑三船山，山上白云屯；

此景能常在，我身不长存。

译二

白云常住在，

泷上三船山；

唯我这一身，

未见能这般。

春日王奉和歌一首

我君当千岁，
正如白云般；
常住三船山，
哪有一天断？

长田王被遣筑紫渡水岛之时，歌二首

信如所闻，美且好也；
俨其神若，是水岛也！

苇北野坂，今也出槎；
将之水岛，海其毋波！

光逸

山上忆良臣罢宴歌一首

译一

忆良今请归，非敢盛意违；
但恐稚儿啼，儿母倚柴扉。

译二

忆良此刻可要告辞了，
孩儿要哭了，
他妈也在盼我了。

其一

译一

忧思良无益，何如忘诸怀？
忘忧维浊酒，似宜饮一杯。

译二

不要愁了，愁没有用；
还是喝一杯浊酒吧！

其二

古昔大圣人，赋酒以佳名；
正其名曰圣，言语得其精。

其三

译一

古之七贤人，放旷百无欲；
百无盖有一，所欲唯美醁。

译二

古时七贤人，
所要的就是酒。

其四

译一

出言居圣贤，莫若且饮酒；
酒醉涕滂沱，犹似胜一筹。

译二

夸夸其谈，
显着自己聪明，
远不如喝醉了酒，
放声一哭。

其五

译一

莫知所以称，莫知所以措；
物之至可贵，其在酒一注。

译二

说不上来，
道不出来，
极可贵的，
就只有酒。

其六

译一

徒生而为人，不如身作尊；
酒尊常亲酒，芬馨沁人魂。

译二

还是不要做人，
却愿意当酒尊，
老有酒浸。

其七

呜呼一何丑，貌作君子流；
有酒不肯饮，细看恰似猴。

其八

译一

纵云无价宝，宝于我何有？
莫如饮一杯，可宝唯浊酒。

译二

便说无价之宝，

哪能赛过一杯浊醪？

其九

便说夜光珠，

何如饮酒怡情？

其十

译一

游事无可喜，

宁还啼醉归。

译二

人间游乐之道，

没有意思，

不如醉酒而哭。

其十一

今世但得乐，
后世去为虫为鸟，
我都愿意。

其十二

生者必有死，凡物无参差；
人生在世间，行乐须及时。

其十三

默默坐着装贤良，
何如喝酒，醉了来哭。

笠朝臣金村盐津山作歌二首（译一首）

丈夫振弓弭，射矢志吾踪；
后有见之者，传语其无穷。

汤原王芳野作歌一首

芳野夏实河，洄流湛碧潭；
潭深映山影，水上鸭鸣酣。

仙柘枝歌三首

杵岛割草去，
雪珠儿下当头；
山高不好走，
拉住仙妹手。

这样的黄昏时，
没给摆好过河石；
如果淌来桑柘枝，
我哪能不去拾？

没有那古人，
安下这石梁；
只怕桑柘枝儿，
至今还在水里荡。

养老七年癸亥夏五月幸于芳野离宫时，笠朝臣金村作歌一首并短歌

泷上御舟山，樛木长繁，
枝上生枝，绵绵不断。
三芳野的蜻蛉宫，
也这般万代长延。
所以令人肃然起敬，
就在其苍古庄严；
所以令人百看不厌，
就在这秀丽的山川。
的确是神世以来，
天生成的离宫行殿。

光逸

反歌二首

我愿意年年得来看，
这三芳野的清秀河山，
流水冲来白波泛。

山高水泻下，
滚滚木棉花；
这泷上的河内，
看不尽的清雅。

反歌二首

象山三吉野，
对闻鸟噪枝。

大王行猎三芳野，
秋津原上布围场；
鸟踪兽迹山头望，
并马驱驰春草香。

冬十月幸于难波宫时，笠朝臣金村作歌一首

并短歌

海光彻照难波邦，
多道是芦苇当围墙，
穷乡僻壤，古老荒凉；
付诸不闻不问，亦已久长。
如今来在绩麻长，长柄宫址，
画栋高梁，重建朝堂；
随从的百工臣良，
海鸟般群集后方；
虽则旅途行在，
味经原上，盖起了官房，
俨然是都城模样。

反歌二首

旷野荒沙，
虽则也有人家，
一经天王来到，
便成了京华。

应是海上少女，
摇出了敞棚小舫，
旅舍里，听到橹响。

太宰少贰
石川朝臣足人歌一首

修竹朝宫陛，卿贰列门墙；

君家佐保山，能无思故乡？

帅大伴卿
和歌一首

吾王治八荒，率土是帝乡；

此间与大和，何复不同光？

四年壬申藤原宇合卿遣西海道节度使之时，高桥连虫麻吕作歌一首 并短歌

译一

白云起兮龙田山，草木染兮霜露洿。

于斯时兮发行轩，君陟历兮五百峦；

往筑紫兮察防藩，遣师旅兮极山原；

山神之应声兮穷所遏，溪蛙之阔步兮穷所达。

迨冬藏兮春发，迅返旆兮如鸟之适。

龙田兮山之垠，山路兮岐以分；

红踯躅兮将薰，山樱花兮将芬；

公于时兮归勤，吾当于彼兮迎君。

译二

龙田山上起了白云，

霜露打来红了树叶。

这时您去筑紫，

巡察边防形势，

翻山过岭五百叠。

到地分遣部从，

踏遍高冈旷野。

直到山不传声，

虾蟆路绝。

盼君冬尽春来，

早日飞回如乌鹊。

那时龙田山路边，

踯躅正鲜红，

樱花笑口欲咧；

我还来这里迎接。

即使千军万马，
想您男儿好汉，
定教一言不发，
便获全胜凯旋。

天皇赐酒节度使卿等御歌一首

并短歌

尔等此去，我朝的远廷；
我将安闲以待，我将拱手而听。
兹特用朕御手，
亲予抚劳，亲予抚慰；
待汝等归后，
再与汝等共饮这美酒。

反歌

此去是丈夫子之道，

切莫轻忽了；

大丈夫尔曹！

山上臣忆良沉疴之时，歌一首

译一

丈夫之子，其可徒已？

不立于名，不传于史，不万于祀。

译二

算得男子汉吗？

白白虚度过来，

也没立得功名流传到万代。

大伴坂上郎女月歌三首（译一首）

山角的小白脸儿，
走过天上的光亮，
真叫好看。

汤原王打酒歌一首

打开烧刀刃，
庆祝男儿酒，
我可喝醉了也。

同坂上郎女初月歌一首

译一

开月才只初三
眉毛般的新月！
抓我新月般的眉毛，
会见我相思已久的卿卿。

译二

月出初三日，
三日月如眉；
抓我眉如月，
逢君爽素思。

冬十一月左大辨葛城王等赐姓橘氏之时，御制歌一首

维橘之枝，
霜降益滋；
亦且其实只，
亦且其花只，
亦且其叶只。

十年戊寅元兴寺之僧自叹歌一首

译一

白玉无疵，

不为人知，

不知何疵；

虽不见知，

我自我知，

人不知何疵。

译二

白玉没人知道，

不知道也罢了；

只要我知道，

人家不知道就罢了。

宇治河作歌二首（译一首）

溶溶巨椋湾，泊泊动荡波；
谅是群飞雁，伏见田上过。

槐本歌一首

微波湖中水，
风下比良山；
遥见钓鱼人，
翩翩衣袖翻。

献弓削皇子歌三首（译一首）

夜阑已过半，天外雁悲啼；
空唳不见影，迟迟月自移。

献舍人皇子歌二首（译一首）

攀彼高兮多武峰，
云雾布兮满山中，
细河湍波兮声隆隆。

名所江戸百景
日暮里諏訪の台
廣重画

幸芳野离宫时，歌二首（译一首）

译一

激于磐，

流水湍湍；

止于潭，

其水渊渊，

月影娟娟。

译二

湍流从高下，

触石散成花；

贮潭成静水，

映月琉璃滑。

天平五年癸酉遣唐使舶发难波入海之时，亲母赠子歌一首 并短歌

秋鹿呦呦，云恋木萩；
其有子息，独一无俦。
我独一子，亦比鹿侔；
宿野枕草，征行遐游。
我用穿竹，贯之珠玉；
载斋缶酒，施之帛幅。
以享神明，载祷载祝；
我祈吾子，唯其有福。

氷

反歌

霜其侵兮，宿行子之野兮；
群天鹤兮，其翼吾子以羽兮。

维我大王，弘治八荒；
天之高光，日之子皇。
馨神以香，神食为仓；
尝新维穰，御馔焉将；
载仓载将，厥由斯场。
神风扬扬，伊势之疆；
扬观厥疆，信美其方。
山则苍苍，水则汤汤；
海曲沧茫，岛列琳琅。
维斯有祥，或是用彰；
敢言式臧，诚恐诚惶。
皇建名堂，五十师阳；
普天未央，大宫斯当。
朝日其煌，夕日其康；
春山之芳，荣于久长；
秋山之霜，饰其文章；
百亩城隍，大宫臣良。
天地其同强，日月其同匡，
万世其永昌！

反歌三首

死则莫由见，生乃与相逢；
老无不白发，尔等将无同？

尔曹方年少，老亦生白发；
未免亦见讪，斯事但倏忽。

苟有其事，兄毋忧忿；
小泊濑山，石城偕隐。

谤倭人歌一首

奈良山，儿手柏；
两面反复，倭人之魄。

法师报歌一首

施主勿云然，里长在当前；
课役相督促，立见使君哭。

嗤笑瘦人歌二首

夏日苦清癯，闻宜食鳗鱼；
陈言石麻吕，尝试亦何如？

抑又敢叮咛，虽瘦犹有生；
取鳗毋身轻，莫为流水撄！

贺雨落歌一首

期雨既久，今沛在亩；
无俟多言，岁其大有。

八日，咏白大鹰歌一首

并短歌

辛苦逾山坂，来居僻越乡；
王都隔已远，岁绪亦已长。
心自同京国，良朋却罕当；
话言谁与共，觌晤苦无方。
为遣愁叵奈，游缰石濑场；
胡枝秋意淡，原野隐闻香。
驰践驱丛雀，银铃放任鉠；
仰看追逐态，衷结亦翱翔。
欣与共中寝，修为止鸟梁；
养鹰时对坐，班羽白凝霜。

潜鸬歌一首

并短歌

珠走岁更迭，春来花又芬；
辟田川泛泛，山下激汾沄。
河濑清且澈，年鱼窜水纹；
邀同鸬鹚客，篝火涉江渍。
室子昔予赠，长衣染八纁；
斯时揭厉过，沾湿透裾裙。

慕振勇士之名歌一首

并短歌

苟为丈夫子，当有立于名；
欲使闻名者，又传诸后生。

哀伤歌篇

哀伤歌篇所收的歌大多是挽歌，属《万叶集》里主要的三个分类之一。挽歌据说是中国古时牵拉灵柩车时唱的歌，挽就是拉的意思。中国古籍《文选》里设挽诗一部，《万叶集》的挽歌分类大概就是仿《文选》而设的。《万叶集》里的挽歌除了表达作者对逝去之人的哀悼之外，有的是怀念相爱对象的作品，所以有学者认为吟咏相思的挽歌其实是相闻歌的延长。

有间皇子自伤结松枝歌二首

磐代的海滨松，
且在枝头打上结；
倘得真侥幸，
还来再看你。

在家盛饭有饭笥，
出外长行草枕头；
而今走在长途上，
柯树叶儿把饭兜。

天皇圣躬不豫之时，太后奉御歌一首

译一

振首兮仰旻天，

吾王寿兮亿万年，

如天其丰足兮久且坚！

译二

放眼仰高天，

宽旷无边；

君寿久长，

长如天上原。

天皇崩时妇人作歌一首

译一

遐绝神天攀莫及，尘埃仰慕但朝夕；
若为珠玉缠臂亲，傥是衣巾着体袭；
萦回想念我君王，梦见昨宵当伫立。

译二

现世的凡人，
攀不上天神；
朝朝隔界哭吾君；
遥遥离着恋吾君。
如若是珠玉，
缠在臂上亲；
如若是衣裳，
永远不离身。
我恋君主，
君王昨夜梦中临。

十市皇女薨时，高市皇子尊御作歌三首（译一首）

棠棣方开花，山中清泉滴；
将欲汲清泉，忽不知焉适。

天皇崩之时，太后御作歌一首

吾王治八方，
神岳的红叶总不忘；
天晚问景况，
天明问风光；
今朝谅也将下问，
明朝谅也将垂访。
抬头望那山头，
天晚倍觉心伤，
天明更觉凄凉，
两袖经常，
没个干爽。

大津皇子薨之后，大来皇女从伊势斋宫上京之时御作歌二首

我本该，就待在神风伊势国；

还来做什么？君已不在！

我来为要见我君，

却已经不在了！

白白疲劳了乘马。

移葬大津皇子尸于葛城二上山之时，大来皇女哀伤御作歌二首（译一首）

茂彼岩陂上，馥郁马醉木；
手折又为谁？不复入君目。

反歌二首

方如仰望永远的长天，
却仰见皇子的宫垣，
荒废去也，惜矣哉！

红日虽然常照，
玄夜的行月光毫
却隐过去了，惜矣哉！

或本歌一首

岛宫曲水池，水鸟浮几几；
为有恋人意，不忍潜水底。

皇子尊宫舍人等恸伤作歌廿三首（译九首）

岛宫的上池里，
养活着的水鸟啊！
君王虽不在，
也莫要飞散了。

向来疏远的真弓冈，
却直宿宫门到此方，
永安此地我君王。

桧树森森，桧里丘陵，
悒郁心情，奉仕殿庭；
从也不曾见过的梦境啊。

朝阳照到冈边了，
我们都在一起，
只哭得眼泪无时止。

延伫常于此，池中岛上石；
昔者未有草，今见草已碧。

有泉在东门，宿值听晨昏；
昨既未奉召，今又无所闻。

石上泻水池边，
路旁踯躅花妍，
几时还再此地流连？

寂寞冈头今归去，
这岛宫的阶下，
又叫谁来往？

朝来阴天，淡日暮已；
昔曾侍立的岛上坐地，
悲怀无既。

柿本朝臣人麻呂献泊濑部皇女、忍坂部皇子歌一首

并短歌

译一

明日香河水，逝者如飞鸟；
上游水藻生，漂漂流下沼；
绸缪共一处，君子宜偕老。
岂意肌肤柔，不复亲怀抱；
为虑冥寝夜，无自慰寂寥。
抑或冀一遇，庐墓越智郊；
朝露沾我裳，夕雾透我袄；
不辞枕草宿，但以故君悼。

译二

有如飞鸟迅，
明日香河流水奔；
上游生来柔玉藻，
漂摇缠向下游根。
左往右来同水藻，
披靡缱绻共夫君；
柔肤嫩肌相亲惯，
剑铗分身忽异衾。
料知玄夜荒凉寝，
无以慰心远出寻；
万一与君得相会，
串珠情绪落荒垠，
越智原头结草枕，

不辞旅宿倦酸辛。

朝露湿了珠裳，

夕雾沁了衣襟；

奈何不见君！

明日香皇女木瓱殡宫之时，柿本朝臣人麻吕作歌一首 并短歌

迅流如飞鸟，长河明日香；
下游架浮桥，上游建石梁。
梁间靡华藻，萎而复青苍；
桥下茂蘋蘩，枯又生新芳。
翳维我小君，相得配贤王。
夙兴比藻华，倚依同一方；
夜寐似蘩蘋，相与不离将。
奈何今不复，相庄如故常；
朝岂忘宫室，暮何背闺房。
追怀在世时，欢如月之望；
当春花簪首，及秋叶冠黄。
彩袖两相携，不厌对明装；
时亦君子偕，游幸城上乡。
何遽即游宫，奠定作享堂；
从此不相见，倏忽分鸳鸯。
君其以是故，凄怆几欲狂；
鶙鸟悲啼血，一往独悼亡。
彷徨迷朝雾，焦思萎夏芒；
惝恍披宵星，荡舟失中樯。
见君如此情，无以慰心伤；
不知若为唁，唯有述清光。
聊将声与名，传向万代扬；
不绝思与慕，天地共久长。
呜呼我小君，遗念永莫忘；
明日香河水，载名以汤汤。

高市皇子尊城上殡宫之时，柿本朝臣人麻吕作歌一首（并短歌）

揣摩深怕亵渎，
说来怪觉恐惶——
昔在飞鸟真神原上，
奠定下光天宫阙，
弘治八方的我大王，
如今神隐在岩冈。
记得皇子当年，
钦承皇命宸言，
越过邦畿北面的
森林不破关山，
降临在和射见原，
建立起行宫别殿。
为了扫荡叛逆，
安良抚顺定新邦，
下令往鸡鸣东国，
征召来武士精强；
于是我皇子
身佩大刀，手执御弓，
亲自号令在疆场。
击鼓如轰雷震耳，
吹角如猛虎咆哮；
举起的旗幡遍野，
有如冬尽春来，
风地里，野火烧；

手中的弓弦齐响，
好比严冬风雪，
在树林里怒号。
听得人人战栗心慌，
悍乱却争来如鸷鸟；
身冒大雪般狂飞的乱箭，
拼将霜露般一命霎时消。
便从渡会的斋宫，
吹起一阵神风，
天云遮断太阳眼，
一霎乾坤黑暗蒙。
如此平定来的水穗国，
正待我神镇八方的大王，
恢弘天下，至于万世无疆。
乃当木棉花盛之初，
皇子宫苑，忽变了神堂！
奉仕宫中的人众，
都穿上了白麻衣，
向着埴安原上的宫墙，
白日朝朝，像群鹿般匍匐在地；
玄夜到来，像鹌鹑般仰殿彷徨；
侍奉既无从侍奉，
徒然似春鸟慌张。
悲啼未止，思慕未休；

偏已从百济原头，
奉移城上，神葬陵丘，
崇高奉祀，神在这里长留。
虽然，香具山宫，
乃是吾王缔造的神京，
将传诸万世而无穷；
即便万世之后，又岂有终？
有额首仰叹，以思以永；
——不胜诚惶诚恐。

但马皇女薨后，穗积皇子冬日雪落遥望御墓悲伤流涕御作歌一首

降雪毋多降，多降塞街巷；

吉隐猪养冈，在望不得往。

短歌二首

秋天月明夜，
月光还如去年所见；
去年见过来的妹子，
却已远隔一年了！

衾道引手山，
留别下妹子；
独自走着山路，
浑不觉是活着的。

吉备津采女死时，柿本朝臣人麻吕作歌一首（并短歌）

色艳秋山容，姿柔微风竹；
彼姝意何居，春秋不自卜。
露虽不终朝，雾虽不逾宿；
我闻犹心伤，因尝一遇目。
何况玉臂交，朝夕共帷幄；
郎君悲空房，丧悼知弥笃。
红颜折中道，倏焉去何速；
有如朝露晞，有如夕雾促。

灵龟元年岁次乙卯秋九月，志贵亲王薨时作歌一首 并短歌

男儿手执梓弓，抽出猎矢，

对向射的图圆；

对面的高圆山上，火光炎炎，

有似春天野火燎原。

请问行人，有何缘故？

却泪如霖雨下，

湿透了衣襦，

立住了告我：

问来好没来由，

听了唯有恸哭；

原来是天皇神子，

殡舆的火把荼毗，

照耀如彼！

能登 瀧之浦
廣重画

短歌二首

高圆之野，
秋芽子花，
开了未有人看，
徒然谢也！

三笠山下，
路上野草繁生；
不久呢，
荒芜了啊！

大津皇子被死之时，磐余池陂流涕御作歌一首

历驿程程数半百，磐余池畔听鸭鸣；
此情此景今日尽，去隐云中便欲暝。

河内王葬丰前国镜山之时，手持女王作歌三首（译一首）

安从得大力，辟开岩户出；
怆我弱腕女，不知有何术。

柿本朝臣人麻吕见香具山尸悲恸作歌一首

是谁家的丈夫？
忘却了家乡，
枕草旅宿在此；
家人还等着呢！

土形娘子火葬泊濑山时，柿本朝臣人麻吕作歌一首

阴森森的泊濑山，
山头飘起一片云，
莫非就是娘子？

还入故乡家即作歌三首

家里空空没了人，
比旅途上还伤心。

和妹子两人同修的这山斋，
树木都长高了，
枝叶茂盛了啊！

妹子手栽的梅树，
看了涌上心来，
眼泪再留不住。

恋男子名古日歌三首

长一首，短二首

世人羡慕七种宝，
在我什么也算不了；
我家生有白玉儿，
名叫古日方娇小。
朝朝明星烂，不离卧床边，
站着对他看，坐下和他玩。
到晚明星耀，招呼他睡觉；
牵手相求告：爸妈莫要走开了，
一根树枝三条杈，
儿睡当中算一条。
这话说来真可爱，
看他几时长大来；
不论他年成人后，
果然学好或学坏。
正如身坐在大船，
一心稳定无余念；
哪料横风盖天来，
不晓还当怎么办。
颈上挂起白纻带，
手里拿着神明镜，
仰首祷天神，伏身拜地灵。
吉凶好歹，但听神分派；
手忙脚乱，祈祷不逮。
可长久没见好，

渐渐地形容枯槁，
再听不到话语朝朝，
一命终究断绝了。
落得我跳蹦跌脚，
俯仰捶胸喊叫，
掌上的吾儿给吹跑了，
这就叫作人世道。

看他年龄小，
走路不认道；
奉帛黄泉使者，
还求背着他跑。

奠上布施我祈祷：
莫要欺骗他，
直指给他上天道。

咏倭琴

译一

言取我琴，我先则喑；

其在于阴，吾妻也临，琴腹之心。

译二

手触到琴，

先就悲泣；

莫非我妻，

藏在琴腔里？

挽歌

芳妻今安在？山上草离离；

忆昔背向眠，追悔无穷时。

反歌二首

石田荒野，君长眠焉；
君家问所在，我其若为言？

人孰不自愿，天地共长生；
乃离家眷爱，漂海来荒汀。
珠走日月换，赓续鸿雁鸣；
慈母与妻子，出倚在门庭。
裳裾湿朝露，衣袖濡夕溟；
岂不谓君在，所盼君归程。
奈何君不顾，人世悲叹声。
秋夜谢胡枝，假舍葺茅英；
逗留天涯远，寒山霜露零。

厌世间无常歌二首

生死两苦海，沉溺不得安；
何当潮涌退，露见涅槃山。

鲸海焉有死，青山何尝殁？
唯其亦有死，山枯海潮竭。

反歌二首

把手祈多福，叮咛话别来；
白云遽化去，闻讣能无哀？

岂知有今日，悔未令遍观；
波涛壮如此，越国海上峦。

名所江戸百景
真崎辺より水神の森内川関屋の里を見る図
廣重画

守大伴宿祢家持赠掾大伴宿祢池主悲歌二首

春则知已深，花其盛于今；
安得手有力，折取头上簪。

黄莺弄枝头，春花不长留；
何日得与君，手折簪首游。

更赠歌一首 并短歌

秉承大君敕，远来理越国。
虽我健丈夫，人世无常则；
床席伏呻吟，病苦日以亟；
念此弥伤悲，忆之如坐棘；
兴嗟靡宁时，苦思靡宁刻。
已来重山隔，遣使不可得；
心欲有所言，谁为通消息？
岂不惜性命，莫知何以克；
闭居成独叹，悲怀无以塞。
春光今且盛，簪枝失联翼；
春野碧芳草，莺啭空臆测。
少女摘春菜，徒想美妆饰；
红裳沾春雨，往来当如织；
盛景我空过，困顿蒙相忆；
终宵不成寐，反侧感君德。

山樱花发今其时，所恨不得一见之；
若能与君同观赏，吾复何有苦相思。

灿灿金棣棠，黄莺穿飞鸣；
繄我但心想，羡君听其声。

出游无气力，幽居但思君；
思君如之何，魂魄为飞分。

悲世间无常歌一首

并短歌

远从天地始，习说世无常；
仰见盈昃月，山柯不久长。
春荣虽艳色，秋已被寒霜；
肃杀金风里，枯条落叶黄。
此身浮世住，坚固又何尝；
未几红颜改，无端黑发苍；
朝呈欢笑面，及暮忽悲凉。
风过靡由见，流迁莫暂防；
眼看推移骤，涕泻落庭隍。

挽歌一首

肇自天地始，言分八十部。
兹世事大君，职官有定矩；
爰钦天皇命，治国边鄙处。
话言托风云，蹀足山河阻；
累日不相觌，眷念长叹吁。
行人有传言，謇吃为告予；
比来怜吾子，悲抑不自舒。
世闻所忧苦，花开时不居；
人生亦复尔，此身无常如。
尔乃高堂母，于时不斯须；
明镜方清扬，灵珠遽断绪；
漂焉如散雾，忽焉如朝露；
偃卧如弱藻，逝水留不住。
岂其言之反，亦岂言无据？
杳邈远弦音，闻之悲无度；
泪下不可止，积水在庭除。

图书在版编目（CIP）数据

万叶集 / 钱稻孙译 . — 杭州 : 浙江教育出版社，2020.10（2021.4 重印）
ISBN 978-7-5722-0699-3

Ⅰ . ①万… Ⅱ . ①钱… Ⅲ . ①和歌—诗集—日本—古代 Ⅳ . ① I313.22

中国版本图书馆 CIP 数据核字 (2020) 第 160513 号

责任编辑 陈德元　**美术编辑** 曾国兴
责任校对 董安涛　**责任印务** 曹雨辰
特约编辑 施　然　**产品经理** 魏　凡　施　然

万叶集
WANYE JI

钱稻孙 译

出版发行 浙江教育出版社
（杭州市天目山路 40 号　电话：0571-85170300-80928）
印　　刷 三河市嘉科万达彩色印刷有限公司
开　　本 787mm × 1092mm　1/32
成品尺寸 126mm × 185mm
印　　张 15.25
字　　数 305000
版　　次 2020 年 10 月第 1 版
印　　次 2021 年 4 月第 3 次印刷
标准书号 ISBN 978-7-5722-0699-3
定　　价 98.00 元

万叶集

まんようしゅう

Man'yōshū

钱稻孙 译

浙江教育出版社·杭州

目录

前言

○ 宋再新

2019 年 4 月 1 日，日本政府公布了新年号为“令和”，并说明这两个字出自《万叶集》中《梅花诗卅二首序》的“初春令月，气淑风和”。

相对于日本过去的年号都出自中国的古代典籍，这次，日本的年号终于从“国书”（用日本语言写成的古籍《万叶集》）中选出，这让日本人感到非常自豪。不过，早在江户时代（1603—1867），学者契冲（1640—1701）在注释《万叶集》的著作《万叶代匠记》中就指出：《梅花诗卅二首序》是对王羲之《兰亭序》的模仿，其中“初春令月，气淑风和”一句出自中国汉代张衡的《归田赋》，原句为“仲春令月，时和气清”。

《万叶集》是怎样一部文学作品？

为什么新年号出自《万叶集》就让日本人如此欢欣鼓舞呢？

《万叶集》是日本最古老的歌集，共二十卷，收有歌

4500余首，成集于公元8世纪末，日本奈良时代末期。在编集《万叶集》的时代，尚没有和歌的说法，所收的诗歌形式被称为uta，用汉字表记为“歌”。现在，日本学界把《万叶集》的歌也称作和歌。当时的uta，即“歌”，可能是可以歌唱的，所以最初的“歌”应该就是民谣。905年，醍醐天皇敕令编辑的《古今和歌集》汉文序提到了和歌的产生：

然而神世七代，时质人淳，情欲无分，和歌未作。逮于素戋呜尊，到出云国，始有三十一字之咏。今反歌之作也。其后虽天神之孙，海童之女，莫不以和歌通情者。

这段话的意思是说：在传说神武天皇年代之前，民风淳朴，尚没有和歌创作。直到日本史书记载了一个传说——神人素戋呜尊降临出云国，他作了三十一个音的和歌。自此，从神到人都作和歌，借以传情。

《万叶集》收录了时间跨度数百年的歌谣及歌，作者上至天皇，下至百姓，形式从长短不一逐渐发展到定型于“57577”，五句三十一音，歌咏内容也逐渐集中于写景、抒发男女恋情。尽管至今人们仍不清楚是谁、出于什么目的编纂了《万叶集》，甚至对一些歌的解读还存在不少分歧，但是作为日本第一部和歌总集，《万叶集》对日本后世文学特别是对和歌的影响脉络清晰、显而易见，可以说《万叶集》是奠定了日本古代文学乃至日本文化基调的最重要的文学作品之一。

《万叶集》和中国文学有怎样的关系?

《万叶集》歌的创作、成集年代，正值日本大量接受汉文化、尊崇汉文的时期，日本天皇下诏编辑了《怀风藻》等汉诗集，官方通用汉文，和歌在当时并未受到重视。《古今和歌集》汉文序就此感叹道：

自大津皇子（663—686）之初作诗赋，词人才子慕风继尘，移彼汉家之字，化我日域之俗。民业一改，和歌渐衰。

这段话的意思是说，自从大津皇子开始创作汉诗赋，日本文人都争相仿效，而不愿意再创作和歌。

在奈良时代（710—794），汉诗文不仅受到日本朝廷及文人的喜爱和重视，也满足了日本在当时使用文字的需求。《万叶集》里的和歌的题、序和注、跋均为汉文写成，《万叶集》里还收录了几篇汉文写成的文章，很多歌使用了中国古代文学的典故，像《梅花诗卅二首序》那样的汉文序为数不少。这些现象都表明，《万叶集》与中国的古代文学有很深的渊源。

《万叶集》的内容有什么特点?

虽然在奈良时代汉诗文受到空前重视，但是当时的日本文人在汉诗文上取得的成就并不高，大多还是停留于习作或仿作的水平，这样的作品并不能表达日本民众的真实感情。相较于在正式场合创作的较为生硬的汉诗文，还是源自民谣的和歌更适于日本民众的情感表达。在官方提倡汉诗文的年代，仍然有很多日本人尝试创作抒发朴素、真挚感情的各类和歌。《万叶集》就是在这样的文化背景中编纂出来的。

《万叶集》把长期传承的古代歌谣和当时可收集到的和歌汇于一集，可以看作是编者对当时和歌发展成就的总结。《万叶集》二十卷里，多数卷的和歌被分类为杂歌、相闻和挽歌，其间还杂有防人歌、东歌等小分类。有学者认为“杂歌”和“挽歌”这两种分类是模仿中国《文选》中的“杂诗”和“挽歌诗”而设，但是“相闻”这个分类却在《文选》和其他中国文学典籍里找不到出处。相闻歌是男女情人或有亲密关系的人相互赠答的歌，由于中国诗歌没有这方面的分类，所以《万叶集》的编者创造了“相闻”这一部类。《万叶集》中“杂歌”数量不少，其中有很多从内容上看也是相闻歌之属，可能是因为没有收录对应唱和关系的歌，所以被编进了杂歌。“挽歌”是追悼、追忆亡人的歌。有学者认为一些追悼情人的挽歌实际是相闻歌的延长。

《万叶集》所收的歌，创作年代跨度数百年。从整体来看，记录为“早期天皇作歌”可能是民间传唱的歌谣，歌的句式、长短都没有一定之规。及至奈良时代，歌的作者明确，歌的大部分是抒发个人感情的作品，也有不多的如柿本人麻吕的挽歌、山上忆良的《贫穷问答歌》和大伴旅人的《赞酒歌》等带有社会性的作品。

从《万叶集》中收录的后期作品可以看出，经过人们对歌的形式和内容的各种创作尝试，歌基本定型于三十一音的短歌，歌的内容也以歌咏对情人的思慕和对四季景色的描写为主。

什么是“万叶假名”？

《万叶集》和歌创作的年代，日本尚没有本民族的文字，整部《万叶集》均由汉字记录和歌的语音，歌题和歌序全由汉文写成。当时日本人认为汉字是正式的文字，称之为“真名”，假借“真名”表记日语语音的汉字便称为“假名”。后世将《万叶集》中记录和歌语音的“假名”称之为“万叶假名”，将平安时代初期出现的、源于草体汉字和汉字偏旁的两种假名称为平假名和片假名。

《万叶集》中出现的“万叶假名”体例并不一致，比如《万叶集》第一卷第一首和歌的原文是这样的：

天皇御製歌

籠毛與 美籠母乳 布久思毛與 美夫君志持 此岳尓 菜採須兒 家告閑 名告

紗根 虚見津 山跡乃國者 押奈戸手 吾許曽居 師吉名倍手 吾己曽座 我許

背齒 告目 家呼毛名雄母。

《万叶集》第二十卷最后一首也是全集最后一首和歌的原文是这样的：

三年春正月一日於因幡國廳賜饗國郡司等之宴歌一首

新 年乃始乃 波都波流能 家布敷流由伎能 伊夜之家餘其騰

看到这样的汉字排列，恐怕任何人都会觉得无法理解。不过只要我们回忆一下，是否遇到过学外语时有人用汉字标外语发音，大概就会对“万叶假名”有所理解了。

《万叶集》里的“万叶假名”并不只有一种表现形式，而是用法多变，用字五花八门，表记一个发音甚至会用到二三十个汉字，如 si 音就有“之、志、斯、子、芝、次、思、偲、寺、侍、诗、师、四、此、紫、旨、指、死、司、词、事、时、资、矢、尸、伺、嗣、试、始、施、絁、玺、辞、色、式、信、新、矶、为、僧、石”等汉字可以表记。出现这种情况，可能是因为古时日本民众学习汉字读音的时间、途径不一，教授汉字的方言各异。

虽然万叶假名早已不再使用，但由于《万叶集》对日本文化影响深远，万叶假名又有使用不同的汉字表记相同日语假名的功能，现在，日本人为女孩子取名时流行用万叶假名式的汉字，如：沙也加、由利奈、绘里花、美佳等，让人觉得不落俗套，很有特色，因此，万叶假名也颇受年轻人的欢迎。

《万叶集》在日本文化史、文学史上的地位如何？

由于《万叶集》的和歌全由万叶假名表记，《万叶集》

在成集一百多年后就因其难识难解，并未被广泛流传。到了一千年后的江户时代，有几个日本古代文学学者开始研究、注释《万叶集》，但能阅读到《万叶集》的日本人十分有限。

1868年，日本开始明治维新后，在政府的推动下，《万叶集》的地位提高到了“国民歌集”的高度，被认为该作表现了日本人的国民性和民族精神。在日本的各大图书馆，研究《万叶集》的学术著作比研究其他日本古籍的著作多得多。现在，因为新年号“令和”出自《万叶集》，出版社正争相出版介绍《万叶集》的书籍，书店更是把有关《万叶集》的书籍摆放在显眼的位置，吸引读者。

为什么选用钱稻孙的译作？

《万叶集》在日本文学史和日本文化史上具有极高的地位，很早就引起了中国研究者的重视。在中国最早翻译《万叶集》的是钱稻孙（1887—1966）先生。钱稻孙先生在语言、文学、音乐、戏剧、美术、医学等方面有精深的造诣，精通日语、意大利语。他是翻译家，同时也是作家。钱稻孙先生是将欧洲中古文学译介到中国的先驱，他最早翻译了但丁的《神曲》。钱稻孙先生翻译的日本文学作品还有近松门左卫门的净琉璃剧本和井原西鹤的小说。他在20世纪60年代选译的《万叶集精选》直到二十几年后才得以出版。

凡是翻译过诗歌的人，几乎都会感叹诗歌难译，甚至不可译。钱稻孙的日文底蕴可以说属最高水平之列，他在翻译《万叶集精选》时，尝试使用了从诗经体到白话体等多种中国诗歌形式，使读者能从多角度欣赏。从钱稻孙的译作中可见他深厚的文学功力、探索创新意识和他一丝不苟的翻译态度。钱稻孙先生在翻译一首和歌时，会用多种形式表达。在一首和歌有几种译文时，本书采用一至两种，以期读者在欣赏和歌时，也能领略钱稻孙先生的文字功底。

本书的特色何在?

本书选用上海书店出版社出版的钱稻孙译、文洁若编、曾维德辑的《万叶集选》为底本，选取一部分较为易懂的译作，不沿原书编辑体例，而仿日本第一部天皇敕令编撰的和歌集《古今和歌集》的分部方式，分为四季歌篇（春歌、夏歌、秋歌、冬歌）、恋歌篇、赏景歌篇、杂歌篇、羁旅歌篇和哀伤歌篇，每篇前加以简单介绍和解释。编者期待能以这样的形式方便读者欣赏《万叶集》的部分作品，使读者对这部最古老、地位最高、对日本文化的形成有决定性影响的日本歌集有所了解。

四季歌篇

《万叶集》原本没有这一分类，但已经有以四季分类的倾向，第八卷就将杂歌和相闻以春、夏、秋、冬分类。

《万叶集》收录的和歌所涉年代达几百年，和歌的形式从不定型渐趋定型为三十一音的短歌，内容也因形式短小而只适于吟咏身边的景物和抒发个人的纤细情感。日本四季分明，容易使人因景思人，因人及景，和歌发展到长于歌咏四季风物也是顺理成章的了。《万叶集》第八卷开始将和歌以四季分类，《万叶集》成集一百多年后，《古今和歌集》创立了将春歌、夏歌、秋歌、冬歌置于卷首的先例，之后各和歌集都沿用了这一分类方法。

春歌

志贵皇子欢御歌一首

译一

石之激兮，垂水之上；
维蕨拳拳，春其既王。

译二

瀑布山头挂，
垂见原上，
嫩蕨发新芽；
春来了呀！

镜王女歌一首

郁彼神奈备，林深盘濑祠；

霍公毋繁啼，啼益痗我思。

骏河采女歌一首

直如轻雪洒，

是什么花呢，

飘飘飞下？

山部宿祢赤人歌四首

其一

春日出郊垧，搜紫花地丁；
流连浑不觉，野宿到天明。

其二

假使山樱花，
见天这般开，
又哪会这么想恋它。

其三

请君来看梅，偏生雪花飞；
是花抑是雪，莫辨孰真伪。

其四

译一
采菜明朝始，原头已结徽；
生憎昨日雪，今日又霏霏。

译二
明天起，挑春菜，

野地上，已经结了彩，
哪知昨天今天，
还有雪下来。

草香山歌一首

过了难波光弥漫；
日暮翻来路窄，
风靡草香山。
马醉花儿开遍，
良不恶，足可观。
几时捷足去，
与君快相见。

樱花歌一首 并短歌

译一

为簪少女鬓，为饰游士巾；
樱花开遍域中土，於戏香色何氤氲。

译二

为了少女鬓边簪，
为了游士头上鬘，
率土率滨，
遍开的樱花绚烂。

反歌

译一

去年春逢君，
相念我方殷，
樱花恰似来迎云。

译二

去年春天曾相见，
樱花迎来，
知我思君恋。

大伴宿祢三林梅歌一首

霜雪犹未已，
不图春日里，
睹此梅花矣。

厚见王歌一首

甘南备河，蛙亦既歌；
棠棣其花矣乎，泛影夫流波？

高田女王歌一首

高安之女也

芊绵芳草地，一片淡黄花；
脉脉今春雨，平添壶堇纱。

咏鸟

吾家门外柳，黄莺鸣梢头；
应是春已到，一何此温柔。

春霞浮游，柔丝青柳；
黄莺衔枝，啭彼歌喉。

光逸

咏雪

其一

译一

山田浮沼边，乌芋为君拾；
融雪水相侵，裳裾为所悒。

译二

涉足山田淤，为君拾乌芋；
初融残雪水，沾我衣裳裾。

其二

译一

参差梅枝，鸣莺穿诸；
移徙其栖，飘雪白其羽。

译二

带雪梅枝上，翻飞复相鸣；
差池黄莺羽，白雪染其翎。

天平胜宝二年三月一日之暮眺瞩春苑桃李花作歌二首

春苑娇颜色，灼灼桃花红；
少女立树下，窈窕映和风。

岂亦吾园李，飞英满地馨；
抑还轻雪洒，斑驳剩中庭。

遥闻溯江船人之唱，歌一首

枕上听歌声，一何幽以远；
朝来溯射江，舟唱自清婉。

廿三日依兴作歌二首

轻霞遍春野，莺鸟泣昏黄；
不知何自至，愁来独断肠。

细小吾庐竹，风来夕暮时；
依稀作微响，独听发幽思。

廿五日作歌一首

春日怡怡，仓庚高飞；
心之哀兮，独自我思。

祥邨

三年春正月一日，于因幡国厅赐飨国郡司等之宴歌一首

献岁更新，今日初春；
降兹瑞雪，弥益福臻。

夏歌

山部宿祢赤人歌一首

译一

为永吾思，昔植于家；
窈窕藤浪，今见其花。

译二

为表相思意，
户外把藤插；
藤条形似浪，
今已满着花。

藤原夫人歌一首

明日香清御原宫御宇天皇之夫人也

杜鹃啊，莫要苦啼；

待把你的声儿，

串进到五月珠丝里。

秋歌

冈本天皇御制歌一首

译一

夕暮小仓岭，呦呦听鹿鸣；

今夜或入寐？寂寂不闻声。

译二

日暮小仓山，呦呦闻鹿鸣；

其亦既就寝，今乃夜无声。

译三

天天晚来小仓山，

听得声声鹿儿唤；

今夜可没听到，

想必是睡着了。

山上臣忆良

七夕歌十二首（佚译）

反歌二首

其一

译一

两岸风云，频频往返；
独不为传，吾远妻之言。

译二

风云隔河汉，频频往复还；
远乡有吾妻，其语不得传。

其二

译一

霄汉之间阔，投石可达；
云何斯遏，繁思不拔。

译二

天汉在望，可以抛石；
维是相隔，百无其策。

汤原王

鸣鹿歌一首

秋之日气清，萩芽纷飞其英；

呦呦鹿鸣，自远闻其声。

橘朝臣奈良麻吕

结集宴歌十一首（译一首）

落木湿秋雨，红叶零枝头；

君为手折来，我则簪诸首。

七夕

秋风吹漂荡，白云轻以扬；
得无织女星，帔子中天放。

摇手玉玎珰，动足亦铿锵；
为君织布帛，为君缝衣裳。

咏花

原葛芃芃，靡于秋风；
阿太大野，花飞萩丝。

咏雁

秋风起兮，过鸣雁兮；
指大和兮，隐乎云之间兮。

咏鹿鸣

入山行猎者，虽不乏其群；
丘谷若平原，鹿鸣时有闻。

咏蟋

房外茂草生，阴晦庭除角；
夕暮鸣蟋蟀，闻之无厌足。

咏露

秋芽子，垂垂枝；
霜露繁，时节至。

咏黄叶

我来越大坂，时雨二上山；
山上红叶烂，流飞泻朱殷。

咏水田

山冈早稻田，牡鹿呼其妻；
秋成不忍刈，霜降听凄迷。

咏月

不期时雨来，霎时时雨过；

云天豁然朗，清夜月娥娥。

冬歌

寄霜

出门毋深夜，夜寒甚难当；
路旁筱竹叶，叶叶凝寒霜。

舍人娘子雪歌一首

巨口真神，旷原无垠；
降雪莫虐，茕不逢人。

咏雪

其今乎其今？我俟我家郎；
下阶望庭除，薄雪正未央。

左大臣橘宿祢应诏歌一首

降雪自天，发白于颠，
幸事君王，逮及斯年。

纪朝臣清人 应诏歌一首

普天之下，降雪是覆；
瞻仰雪光，弥尊且厚。

纪朝臣男梶 应诏歌一首

一昨又昨日，
今日犹未已；
普天降瑞雪，
山间不见溪。

〔恋歌篇〕

古代日本人以“歌”字表记日语的“uta”，说明“uta”是可以唱的。情人间相互唱歌赠答，应该是各民族都有的习俗。在《万叶集》创作和传承的年代，日本存在所谓“妻问婚”的婚姻制度，即男人夜晚到妻子家住宿，清晨离去。这种婚姻让夫妻聚合时短、离别时长，分处两地的夫妻只好以歌传情、作歌寄情。

《万叶集》里没有“恋歌”这一类别，男女情歌被归于相闻部类，相闻是“以歌相互闻问”的意思。在中国的古籍中，恋有留恋、恋恋不舍的意思，并不用于表示男女相互爱慕。《万叶集》的第 3848 首歌后有注：梦里作此恋歌赠友，这大概是“恋歌”一词第一次被使用的记录。905 年奉天皇敕令编集的《古今和歌集》共收 1111 首和歌，分二十卷，其中恋歌就占了五卷。

《万叶集》中相闻歌的大部分以及杂歌的一部分都是恋歌，本书列恋歌分类，既有使之实至名归的意思，也方便读者欣赏。

纪皇女御歌一首

译一

曲曲轻池岸，回沿凫鸭游；
不闻柔藻上，清夜宿无俦。

译二

轻池水中鸭，回绕岸边游；
犹且不独宿，藻上共悠悠。

祥邨

满誓沙弥月歌一首

译一

虽则不容见，谁无恋慕心？
徘徊山际月，眄目未能禁。

译二

虽则不可见，孰能无思恋？
徘徊山际月，倘得一流眄。

译三

山后月迟迟，
虽说还未见，
哪个不相思。

笠女郎赠大伴宿祢家持歌三首

其一

托马野生紫，挑来染我衣；
衣犹未着体，色已泄机微。

其二

陆奥草原虽远，
风光自在当前。

其三

深山岩石下，
茅草着根深；
结下的情根，
心中永难忘。

藤原朝臣八束
梅歌二首

妹子家里梅花开，
哪时结子，
哪时定心怀。

妹子家里，
开的梅花；
梅花有个结子时，
成就须知就像它。

*八束后名真楯，房前第三子

难波天皇妹奉上在山迹皇兄御歌一首

一天么，人家还等着；
累天这么等去，
可待不了啊！

冈本天皇御制一首

并短歌

神代生生不已，
人多得国中满地，
野鸭般群来群去，
总不是我想恋的你；
白天到晚夜到明，
想得我眼也不眯，
长夜凄凄。

反歌二首

喧兮山之阿，雁逝其有群；
我独苦寂寥，谓非君子音。

淡海路里鸟笼山，
河名叫不知哉川，
这几时来想念不能堪。

祥邨

额田王思近江天皇作歌一首

译一

方我俟君，我思渐渐；

秋风吹来，动我房帘。

译二

思恋待君来，

秋风吹动我房帘。

镜王女作歌一首

风犹且恋亦可怜，

待得风来更何怨？

田部忌寸栎子

任太宰时歌四首（译二首）

撇下我去了，
比缒住袖子哭叫的孩子
还要伤心；
叫我怎么办？

（舍人吉年）

留下的妹子，
长夜漫漫必想我；
长长的黑发，
铺开在满床。

（田部忌寸栎子）

安倍女郎歌二首

其一

译一

既从无违兮，我复何畏兮；

心之所归兮，唯君是依兮。

译二

我这一份心，

既然托付给你了，

还有什么顾虑的？

其二

译一

我君子兮，毋忧思兮；

苟有事兮，火兮水兮，我无不之兮！

译二

我的哥啊，

不要发愁；

有起事来，

火里水里，

还有我呢！

丹比真人笠麻吕下筑紫国时作歌一首

并短歌

佳人奁上镜，波静见津汀；
不解红罗带，踟蹰念我卿。
浓雾封昧爽，隐鹤但悲鸣；
相念千停苦，何以抒一停？
出门延伫望，缥缈青葛城，
重为白云蔽，家山望不明。
还向远天涯，孤客发长征；
淡路已旁过，粟岛遗后程。
潮平舟子喧，汐定棹有声；
去去行海上，曲曲绕峥嵘。
印南湾已杳，翔鸟意回萦；
乱岩家岛上，披靡海藻生；
藻名日勿告，悔予难为情。
何弗告妹妹，避作此远行？

反歌

故当往别来，忽遽乃弗思；
白袖未分易，计归未约期。

草娘歌一首

割了秋田，
堆起草墩；
这头对头儿，
就会叫人做了话柄。

女郎歌一首

阿倍

阿哥身上衣，
缝来何细腻；
缝入阿妹心，
针针不露迹。

土井

岡部

中臣朝臣东人

赠阿倍女郎歌一首

译一

独寐绝绪，

恨莫是及；

唯有涕泣。

译二

和衣我独寐，纽绪忽自截；

不知何所措，徒有哭哽噎。

译三

独宿无端，

衣带自断，

好不晦气；

没有办法，

只有哭喊。

藤原宇合大夫迁任上京时，

常陆娘子赠歌一首

莫别东国有女，

地里割麻晾干，

坐在上面想念。

京职大夫藤原赐大伴郎女歌三首（译二首）

卿讳曰麻吕也

少女奁中栉，晨夕每相亲；
得无苍陈已？久不见伊人。

卧拥苎麻被，温和宜可安；
不与妹同衾，犹自觉肤寒。

大伴郎女和歌四首（译二首）

其一

译一

佐保河边，砾石践践；
玄马夜来，岁亦期一见。

译二

佐保川兮涓涓，涉砾石兮蹁蹁；
乘玄马兮夜来，期亦得兮岁一见。

其二

译一

其曰来兮，时亦不来兮；
不曰来兮，自无待来兮；曰不来兮。

译二

其云来矣，时亦不来；
云不来矣，又岂期夫来？
乃云不来矣！

五十三次
程ヶ谷
廣重画

太宰大监大伴宿祢百代

恋歌四首（译一首）

译一

眉根频作痒，但令空自抓；

信可相逢兆，如何妹在遥。

译二

不断地教人白抓挠着

眉毛根脚。

可几时会到呀？

我的姣姣！

咏月

月上树梢头，浮云莫出岫！

我欲望妹居，挥袖诉离愁。

住吉地方的出见海滨，
莫要割草当柴薪；
留着好偷窥，
嬉游少女们，
湿了红裙。

水池边上，
小榥树下，
细竹莫删除；
就这一点点，
是郎君遗念，
我要看着想当初。

夏树之阴，闺房之内，裁衣吾妹；
为我裁者，其为衬里，差大是希。

予斯为君，手织衣裙，虽劳何有愠？
春来采薰，以拭以文，将何色之可欣？

梯呀梯，仓梯山里，
白云起了；
正想看呢，偏生地，
白云起了。

春日融融，嗟尔茕茕，独立于田；
芳草萋萋，嗟尔无妻，疲立于田。

河口芦荻丛，谁为剪其叶？
为见郎挥袖，我手折其叶。

你去打鸟吗？
把狗叫去，
它会跳过篱笆；
你歇歇马吧，
青青山里，
茂树荫下。

大伴宿祢家持

赠坂上家之大娘歌一首

我家里撒下石竹子，

不知几时开出花；

比在心里等着吧。

天平五年癸酉春闰三月，笠朝臣金村赠入唐使歌一首并短歌

仰慕大明公，无或懈来躬；
每念承謦咳，服膺以敬崇。
公今钦王命，夕暮发征程；
难波三津海，听雀恋妻鸣。
堂皇坐巨航，鼓楫齐两行；
瀛海破高浪，遵路去远方。
下去承留守，币帛祷神庥；
送公乘风行，迓迎早归舟。

*天平五年为733年。

名所江戸百景
目黒千代か池
広重画

反歌

惜别征帆去影杳，
行行次第入云霄；
宛若波上浮小岛，
噫我怀思益以遥。

藤原朝臣广嗣樱花赠娘子歌一首

译一

托将一瓣花，寄我百种意；
叮咛在其中，幸勿轻见弃。

译二

这花一瓣里，
藏着百种话，
莫要轻看它。

娘子和歌一首

译一

果然一瓣花，荷我百种意；
无奈不胜负，断枝先自弃。

译二

这花一瓣里，
怕是负不起百种话，
先已折断了杈丫。

大伴坂上郎女歌一首

夏日草丛中，开花小百合；
相思人不知，独自心苦涩。

寄花

折取梅花枝，配之以垂柳；
虔诚供奉之，君子其邂逅。

寄雨

春雨于何有，几曾湿透衣？
倘教连七日，宁无七夜逼？

名所江戸百景
亀戸梅屋舗

寄鸟

春去螺赢振斯羽，那须原上霍公溜；
与妹相逢良匪易，几乎不得成邂逅。

秋相闻

长月黄昏后，伫立露沾身；
莫问我为谁，我自待伊人。

祥邨

其一

译一

新筑镇地，踏歌处女，玉镯锵锵；
如玉之莹，嘉宾是迎，要入乎堂。

译二

新室今镇奠，舞女鸣玉钏；
其揖公子进，公子如玉倩。

译三

新屋子镇地的舞儿们
舞蹈得手镯锵锵响。
大家齐声说呀：
玉一般的漂亮公子请进！

其二

译一

新居作壁，来与斯劳，君其刈草；
如草之靡，少女萋萋，从君所好。

译二

新室为君造，作壁君刈草；

少女如草靡，唯君之所好。

译三

新屋子做墙的草，

请你割取来。

草一般的靡靡少女，

好便随你的意。

其三

长谷之槻，茂荫之下，藏吾妻焉；

今夜之月，皎其光明，人得无窥之？

其四

译一

夙旦出庭，束膝以行，露浥君膝；

我亦夙兴，送君出行，露浥我裳。

译二

朝归君结脚上带，草露原上湿行装；

我亦早起送君出，共斯草露湿吾裳。

正述心绪歌

自我出离，慈母之掌；
不知所措，曾莫是惶。

人人寐已，我独无寐；
恋我君子，吁嗟以待。

皇皇通衢，人往人来；
唯君一人，是我所怀。

未相见也，孔繁我思；
既相见矣，我思益挚。

行行重行行，与妹不相逢；
为何濡裳衣，恐是霜露重。

山科木幡山，有马可乘行；
今我徒步至，皆为恋汝情。

隼人禁夜，昭呼我名；
我名既宣，其永斯成！

黄杨为作枕，夕暮不离床；
殷殷俟尔郎，不堪心自伤。

若惮慈母意，唯恐卿与我；
徒然两相思，心事无由果。

刈草缉为荐，敷床唯一单；
但与君共寝，便亦不知寒。

方听慈母训，沉思不我暇；
生憎来者谁？呼我于我家。

吾心之所志，慈母亦不知；
为君今直言，唯有随君意。

我来非所期，吾妹忽见之；
欢喜形于色，嫣眉緊可思。

难得见君面，今乃有可期；
执弓手自举，搔着左边眉。

不意自抓眉，方疑奚事为；
孰知先示兆，得见故人仪。

深山桧板扉，踟蹰不敢进；
推门虑有声，近妹霜中寝。

良夜明月光，思与妹共赏；
直从近路来，夜半已长往。

寄物陈思歌

羽鬘甫妆成，嬿婉解衣带；
少艾我新妻，佯愠娇笑态。

突如鼻中嚏，思我当已挚；
不与妹相亲，信也亦久矣！

守时击鼓声，数之当此辰；
莫知所以故，犹未见其人。

客中思妹子，忽已在当前；
无改他时样，黛眉灯下妍。

难波人家苇作薪，朝烟暮烟熏以陈；
唯有我家妻一人，朝看暮看色常新。

嘚嘚马蹄声，心期君子来；
出门延相望，松下尽徘徊。

远来天一方，小屋赤土墙；
零雨濡床席，妹其身相傍！

曳足人山去，山泽采乌芋；
此日可相逢，母责不可惧。

鹁鸟鸣荒凉，他家有废庵；
人言良可厌，藉彼与君谈。

问答歌

我恋良已苦，谅君带自开；
嚏频眉脚痒，卜就几时来。

此日方征信，朝来嚏出频；
眉根搔不已，盼得与君亲。

夙知君子来，荒庭芰蔓草；
迎我所思人，洒扫饰琼瑶。

何有于琼瑶？何事乎芰草；
隐蔽小家室，乐与妹偕老。

譬喻歌

鱼筌藏溪河，留鱼留不住；
殊知八年来，吾已窃窃渡。

寄物陈思歌

楚楚新垦田，历历新开路；
清晰我闻知，妹子身上事。

今乎今乎？我俟我兄；
夜其深矣，我心怦怦。

是谁之言？解此衣带？
谓谁之言？人妻也奈！

夙知如此，恋恋我思；
悔不从容，夜亦何其！

纵为恋情死，邻里犹谤言；
乡人不我察，何顾声名全。

怅焉予兹伫，不知所以处；
心在天之宇，虽则践于土。

眉淡已疏毛，徒令频频搔；
谁谓将复来，不见伊人到。

与子成邂逅，人见非所便；
今宵莫闭户，梦里向渠边。

怀思心所美，梦里遂见之；
醒来转无睹，心苦倍相思。

玉盒宜常合，作斯言者谁？
方兹相逢时，何复避面为？

椿市通八衢，相会踏歌初；
记得曾结带，惜未解罗襦。

寄物陈思歌

视我如夹衣，亦甘为其里；
橡染无颜色，君遂不一睇。

蛸蛴育于茧，慈母养在家；
粲彼谁氏子，劳思我自讶。

珠络络双袖，肃心抑相思；
相思苦难抑，旋复思见之。

多水下田里，种稻稗草丰；
弃稗情如我，独宿寂无声。

行经妹子家，不得入门看；
结草期他日，风姨莫吹散！

棠棣色易迁，我心不曾移；
人唯其有情，经年无分披。

虽如逾闲驹，食麦骛原野；
犹自在吾心，恋恋不忍舍。

驻马桧之隈，饮马桧隈川；
吾见虽自远，我思良倦倦。

问答歌

海石榴花市，闾巷八十歧；
灰媒染色紫，邂逅谁家子？

慈母呼名字，将以闻于子；
我独未之知，路行人谁是。

杂歌

少女绩麻笥，悬垂绩麻长。
长门临海曲，寥廓天一方；
潮平朝风静，汐送晚风凉。
我思如潮涌，层波叠我肠；
行来我思妹，阿胡此彷徨。
徘徊荒矶上，独眺海风光；
海藻摇曳情，飘逸帔子扬；
白袖挥舞意，臂钏玉叮当。
谅妹思我苦，黯然我神伤。

反歌三首

阿胡海上矶，波打长不息；
恋恋我相思，脉脉无已时。

愿得虹桥长至天，愿得山高高于昊；
取得月中不老泉，奉之于君长不老。

天上繁日月，我思不可歇；
日月见君老，此心用矻矻。

相闻歌

敷岛大和地，人则虽云多；
缠绵我思君，繁比藤花波。
心窃慕芳草，女施若茑萝。
敢诉我所思，如此长夜何？

反歌

敷岛大和，我之所思；
苟有二人，当无是悲。

相闻歌

岁月走珠去复回，无人将得瑶简来；
迟迟长日春霞永，漫地弥天思萦回。
悒郁蚕官慈母饲，莫由诉语但心憔；
松株久待不见至，夕日行天暮色灰。
素袖重重沾泪湿，微透衷怀独自哀。

反歌

思君无聊赖，君乃不我会；
君不我思至于是，莫非身在天云外。

相闻歌

瞻彼三诸，雷山殷如；
云之既布，阴其有雨。
浓雨则雾，风又且侮；
伊人之归，狼原是由。
抑其去也，其心则留；
我斯忧之，其到也否。

反歌

人之归矣，吾思也悸；
至于玄夜，犹不成寐。

名所江戸百景
上野清水堂不忍ノ池
広重画

译一

待君君不至，仰天空望之；
玄夜如乌玉，其亦已深矣。
夜深风且暴，伫立待迟迟；
降雪在衣袖，凝结凌斯斯。
今君不复来，延蔓更他时；
此心勉自抑，举袖拂床帷。
寤见君不得，梦寐容追随；
奈此良夜夫，夜亦如何其。

译二

待君君不来，振首仰高天；
天云如乌玉，夜深一何渊。
深夜山风吹，伫立当门前；
飞雪肌肤冻，寒气罗袖穿。
今既不复来，敷袖且独眠；
绵绵空设想，茑萝还复连。
纵醒异枕席，梦里期团圆，
苟得梦中见，不怨长夜愆。

问答歌

出行初无想，青山一仰望；
踯躅花灼灼，灼灼忆娇娘；
山樱花晔晔，晔晔思女郎。
人言尔宜我，谓我宜尔将；
但有相引意，荒山亦相傍；
有缘斯有成，志之无相忘！

反歌

如何其可已？恋恋我情思；
虽祷天地神，我思但益滋。

问答歌

正唯其若然，八载我迁延。
垂髫未到肩，中间几许年；
身齐橘树颠，寒暑又几旋。
我意空拳拳，沉潜在深渊；
君情独不宣，长日如流川。

反歌

我亦祷于天，我亦祷于地；
所非可以已，唯此恋情意。

问答歌

密隐泊濑里，我来求家室。
云布飞雪至，阴霾降雨疾；
家鸡鸣诘旦，野雉喧唧唧。
启户纳我眠！今夜已复轶。

幽幽长谷郡，密晤来大君。
阿娘寝床奥，阿爷寝床唇；
兴起阿母知，出行阿爷闻。
玄夜忽将去，违愿意纷纭；
叹我隐妻身，况复何有云？

山背道上岭连冈，他人夫婿并乘黄，
徒步厥有我家郎；
吾每见之涕浪浪，思念及之心痛伤。
慈母遗物有明镜，蜻蛉薄巾我空藏；
何如付与两携将？往易乘马良人良！

反歌

泉河涉渡深，
谅君征裳浸。

问答歌

我有明镜无所用，见君跋涉从泥中。

易马将毋妹步行，已乎践石愿偶征。

海生石决明，中怀白素珠；
波涛拍沙岸，留珠纪海隅。
君谓拾取来，掉臂出门去；
陟彼郎之屺，陟彼妇之岵；
君去何时归，我思立中路。
薄暮问卜者，卜者为我诉：
细君迟行人？行人犹在途。
素珠乘远涛，求之在远浦；
素珠乘近波，拾之在近渚。
求珠归未能，拾珠归犹阻；
久更七日还，暂亦二日许。
为寄君之言，细君毋念苦。

东歌

筑波岭上桑，
新茧织作绢；
我虽有裳衣，
欲把君衣穿。

筑波山岭上，
是否把雪降？
并非把雪降，
娇娥曝其布。

相闻歌

耸天富士，柴山阴闷；
时之既移，将无会已。

富士山下，山路远长；
来会吾妹，不声不张。

骏河海滨，蔓葛津津；
为汝是依，背我母亲。

伊豆海上，白浪连连；
恋恋我思，岂不绵绵。

足柄张罗，声闻远近；
伺得其间，伊我解褞。

足柄箱根，山上播粟；
既已实矣，何相会之不速？

多摩流水泊，晾曝手织纱；
之子何其美，劳思我自讶。

占卜武藏野，烧灼鹿肩骨；
匿不谓人言，君名为所发。

葛饰新秋早稻成，潜心报祭享神明；
所思人至立门外，能我无闻不出迎？

安得有灵驹，行踏不出声；
俾从长桥时来往，胜鹿真间说娉婷。

筑波镇中峰，守望面西东；
防闲虽母氏，魂魄时相逢。

信浓新辟路，根株未尽除；
郎今徒步去，合当着履无？

信浓筑摩川，中多石如拳；
苟君所尝践，珍拾当玑璇。

上野安苏俗，抱麻绩苎束；
如何拥抱眠，我思犹未足。

池开山上伊香保，蟋蛛昭彰八丈高；
浮名不惮人指摘，共寝无妨寝到朝。

相闻歌

云着高山岭，徘徊不离岫；
高岭我思慕，萦回君左右。

有鸟曰乌鸦，率作大妄言；
咿呀报郎来，君实不我存。

为与妹相遇，我来乃见逐；
视我若野豖，横眉山居鹿。

放驹春日野，食草不住口；
家中有少妇，相思无断头。

隔闲食麦，小马所甘；
偶逢彼美，我思弥酣。

青青杨柳，俟君渡头；
无意汲流，踏平土阜。

盐船空并置，叹息意蹉跎；
同舟畏人言，吾其奈若何？

比多海上矶，柔藻意纷纭；
昨夜复今宵，知君俟我殷。

遣新罗使人等悲别赠答及海路恸情陈思并当所诵咏之古歌

武库曲浦，沙鸟肃羽；
子不我翼，相思至死。

大舟之内，苟可以载；
同载吾妹，翼往翼来。

君子远行役，程程宿海滨；
但看阴雾起，知妾吐呻吟。

一去虽遥远，秋来便相晤；
何为此深叹？吐息兴云雾。

中臣朝臣宅守与狭野茅上娘子赠答歌

崎岖山路遥，君今跋陟去；
怀君此一心，惝恍无宁处。

郎今去路迢以遥，
安得挽之如丝绦？
收而付诸天火烧！

郎兮倘竟去，毋忘振素袖；
俾吾望在眼，思慕独留守。

现下便算相依相偎；
顷刻天开镜箱，
月透出亮光来，
就只有迢远想念，
越发不知怎么才好啊！

墙尘泥土我，于数不足数；
可怜吾妹子，为我思且苦。
坦荡宁乐道，宽步良安易；
独兹山路行，心力交并瘁。

行行我何思，无端苦途路；
念念不离妹，是其所以故。

心存吾妹子，从来未敢声；
岭回越国道，祷立遂呼名。

相逢应有日，其日不可知；
暗中常思念，相思无尽时。

相逢不知更何日；
幽冥我怀恋，将于何时已。

朝亦镇我魂，暮亦收我魄；
我心乃忶忶，繁思不得霍。

恋夫君歌一首

虽吃饭，味不甘；
虽步行，意淡淡。
茜根红，情意浓；
夫君有情，不能忘于衷。

赏景歌篇

《万叶集》没有赏景歌分类，但是《万叶集》里除了歌咏四季的歌之外，吟唱美景的歌也为数不少。这类歌多歌咏名山、大海和昊天，颇具气魄。由于其他分类无法涵盖这类歌，特以赏景歌名之。不过，随着和歌的发展，歌型趋短，和歌的创作更适合吟咏纤细的感情和身边的小景，赏景歌渐趋式微。

山部宿祢赤人望不尽山歌一首

并短歌

译一

自天地之初分，永尊严于高雯；

崇镇乎骏河之郡，不尽乃神山之君。

仰云天以瞻望，既运日之自戢其光，

亦明月之不竞其爽；

白云不敢而往，凌雪不时其雾。

传之诵之以靡足，厥维不尽之高岳。

译二

肇自天地分，神灵御骏河；

尊严崇富士，云天仰嵯峨。

运日景为翳，皎月息其华；

白云回避过，凝雪常不摩。

传言其不尽，愿永富士歌。

译三

自从天地初分的时候，

就是这样崇高庄严，

在骏河国的富士高山；

仰首看天边：

过天的太阳都收了光，

照地的月亮也看不见了，

白云也不敢过去，

不拘时节地下着雪！

传说开去，传说下去吧，

把这不尽的高山！

反歌

译一

出从田浦仰富士，岭巅凝雪长皤皤。

译二

出从田儿浦，仰彼不尽岭；

白雪常皑皑，降在山之顶。

译三

从田儿浦出来一看，

雪白雪白，

白雪下在不尽的高山。

咏不尽山歌一首

并短歌

译一

生材宜弓，甲斐之邦；

海波朝宗，骏河之封。

耸自远近之国中，巍乎不尽之高峰。

行云为而敛踪，飞鸟疲于上冲；

腾焰为雪而冻，冻雪为火所融。

语言有所穷，终莫状其容；

灵乎其崇，神其斯钟。

山上聚水以溶溶，世称石花之湖；

自山流溢以滦滦，人涉不尽之长江。

斯镇国之明神兮莫比隆，

斯日本之宝山兮莫与双；

骏河不尽之灵嵩，仰无餍兮藐我躬。

译二

甲斐国和骏河国，

彼此两国中间，

耸立着不尽的高山；

燎火尽在化着雪，

落雪尽在灭着火；

说也没法说，名也无可名，

真是个神灵！

虽有个海名石花，

只是包在这山中的湖；

虽有渡得人的不尽河，
也只是这山的流水溪。
这日本大和国的
镇国之神，立国之宝啊，
骏河国的不尽高岭，
尽看也没个看够时！

反歌二首

其一

译一

不尽之岭高矣，积雪常不消兮；
其亦消乎，六月望旦；
复漉漉矣，夜之未半。

译二

不尽岭上积白雪，
六月十五日方融泄，
夜半又复霏不绝。

译三

不尽岭上积的雪，
六月十五才化，
当夜就再下。

其二

富士山的高，
高得可怕，
天云都不敢过，
只得铺开趴下。

山部宿祢赤人至伊豫温泉作歌一首

并短歌

译一

率滨皇祖土，在处出汤泉；
山岛秀伊豫，峥峥高岭前。
伊射庭冈上，神君常伫延；
于焉选辞藻，于焉吟新篇。
今见泉上林，臣木已延绵；
鸟鸣长无改，圣迹万古传。

译二

神祖神皇统治的
所有郡国多泉汤，
河山胜地数这峻险的
伊豫高岭，伊射庭冈；
仰望这曾蒙吟歌吟词的泉上，
臣木成林，历代生长，
鸟啼的声音不曾改张；
后世远代，永世苍苍，
这行幸的地方。

反歌

高广的大宫里人，
泛舟在饱田津，
过来不知多少年辰。

登神岳，山部宿祢赤人作歌一首

并短歌

译一

三诸神秀巘，樛木衍以蕃；
枝繁五百孙，蔓延绵无垠。
愿言常往返，飞鸟旧京垣；
白水清光远，高山古意存。
山容春日婉，溪籁秋夜湲；
鹤羽朝云翻，蛙鼓夕雾喧；
每来怀故宪，不觉涕源源。

译二

苍古的三诸神山，
樛树孙枝繁衍，
绵延不断；
不断来看，
这旧都的明日香，
山高水清流远；
春日里山色可观，
秋夜天河水涓涓；
朝云鹤舞乱，
夕雾鼓蛙喧。
我每来潸潸泪下，
思古拳拳。

反歌

明日香川，
流水洄漩，
水上烟雾旋消，
哪便能旋消，
我这思恋。

太宰少贰小野老朝臣歌一首

译一

美土维青，宁乐之京；
如花斯馨，于今为盛。

译二

朱碧鲜明，
宁乐京城，
如花之盛，
现正繁荣。

译一

天只海只，云波起只；

月只舟只，星林驶只，俄见某匿只。

译二

瞻天如大海，云泛若兴波；

驶月比行舟，繁星林外过。

译三

瞻天如大海，云起波滂沛；

驶月若行舟，榜过星林外。

译四

天海上，起着云浪；

月儿船，摇入星林躲藏。

咏月

居常未始愁，对此明月皎；
及其藏隐去，惋惜是良宵。

月亮尽在山里逛；
等着它出来，夜都深了。

何妨明夜月，移继今夜光？
两夜并一夜，度几月夜长。

从珠帘里筛进月光来，
独个儿看了没意思。

大海渺渺，路远迢迢；
萧萧淡月，杳杳深宵。

咏云

穴师河上浪花卷，
弓月峰头云雾腾。

跋涉山河濑，波卷水声高；
巉岩弓月岳，白云满山腰。

大海连天阔，
岛影无一点；
海上泛波涛，
白云天外卷。

咏雨

今天这细雨，
定浇湿了吾妹的红裙；
我一心也要同沾一湿。

雨也毋我零，湿我衣下衣；
下衣着吾体，吾妹之所遗。

咏山

三轮山，红叶陶然，
让我也夹染红衣衫。

天之香具山，古事非所晓；
自我见以还，已沦久矣老。

咏岳

对面的山峰是片冈，
但愿播下树种，
今夏便成荫双双。

咏河

玄天如黛玉，夜色忽已集；
卷向水声高，从知山风急。

挽予手兮渡河，俾毋蹶兮坎坷；
桧之隈兮桧隈川，浮言起兮恐繁多。

出寻荒地开新田，
河水里湿透了腿带。

咏叶

在昔古之人，风流当如我；
三轮山桧林，折枝簪于首。

咏草

译一

妹家我往来，筱薄满原垓；
筱薄其靡伏！为我先路开。

译二

往来妹子家，
一路深深草；
见我往来时，
快给我躺倒！

咏鸟

译一

飞渡来山际，秋沙群几几；
将栖于其溪，切莫波浪起！

译二

翩翩掠山际，秋沙款款飞；
寄居河之浒，波浪莫生威！

思故乡

甘南备里，迤逦清溪；
霞起山谷，千鸟呼妻。

山背作

溶溶氏河水，荡荡无涯涘；
守簖渔家子，相互闻彼此。

摄津作

武库川，水溜急，
骑马渡来身溅湿。

住吉岸上松，波来荡其根；
风光秀以丽，清籁亦沄沄。

羁旅作

客路离家已远，
秋风近晚来寒，
飞雁叫过天边。

年鱼市浦曲，潮汛当已退；
朝出知多船，见诸海之汇。

夕暮海波定，求鱼鹤乐群；
风高潮满顷，嘐唳唤妻君。

连库山平远，流云出山阿；
闻道雨将至，归来乎我哥！

斐陀人伐木，同流丹生河，
话言相呼应，不得渡相过。

印南之野，月夜芳草；
家居神往，犹思未了。

潜行海水寒，矶头烧柴枝；
远来为君采，海外白玉玑。

深夜海上，舟人諻諻[1]，
其泊矣乎？不复有声。

[1]『諻諻』形容语声。

风疾三穗浦，舟子行舟苦；
睹此可以知，海上波涛舞。

问答歌

佐保河上，千鸟鸣喧；
尔亦何思？乃溯河滩。

人则大言，我爱斯挚；
河之广矣，君毋居奇！

临时

卯花折在手，佐伯山女郎；
苟得手相携，花落也无妨。

夜乌虽报晓，此时尚未到；
山冈树枝上，犹自静悄悄。

旋头歌

译一

雪霏远江，刈其杨矣，安昙河干；
虽云刈矣，杨复生矣，安昙河干。

译二

长流洒雪珠，
近江安昙河，
河上杨树。
几番剪了去，
总还又生枝，
河上杨树。

译三

珠雪纷霏淡海遥，安昙河上杨柳条；
剪去还生我幽思，安昙河上杨柳丝。

十銭

寄衣

红染衣裳非不愿，
着身但恐为人知。

遑顾他人论是非？
我还织我素麻衣。

寄玉

矾中白玉非无有，
但愿相逢人不知。

寄川

从今喜得渡河舟，
无奈有人守波头。

寄衣

胭脂染衣深，
但须贴肉衬；
穿到外面来，
是非惹一身。

寄丝

河内女儿手染线，
缠来缠去缠不完；
虽则单股儿，
哪便就会断？

寄山

积石山峻险，仰慕未易攀；
亦知微末身，却欲上高山。

寄草

冬尽烧春野，似犹兴难禁；
愈益熊熊燃，烧吾焦灼心。

将欲染吾衣，挹取鸭头草；
便惹朝露湿，不嫌颜色老。

寄船

脉脉微波志贺津，
波载舟，舟载人；
我心载，我思人，
不能忘，劳我神。

杂歌

冬往春来，朝露晚霞；
枝头风拂，莺鸣其下。

山下马醉花，山上开山茶；
人守三诸山，保爱如婴娃。

电闪雷鸣天，九月时雨宣；
雁声犹未闻，神岳清原田；
田家篱外池，池畔椴树妍，
秋来红叶炫，椴树枝枝鲜；
有如窈窕女，轻摇小铃钏。
我有窈窕友，攀取一枝尖；
持往以相赠，为君簪鬓边。

执柯伐山桧，缚结作筏桴；
拨楫下丹生，沿岸循洲渚。
游观无餍足，三吉野瀑布；
滔滔响不竭，白浪溅飞珠。

二上山赋一首

此山者有射水郡也

越中二上山，射水流其间；
春则花烂漫，秋则叶欲燃。
以时出高原，额手一仰看；
神灵何丕显，山色弥可餐。
祖岳镇中巘，裾势缓延延；
涩溪纷冈峦，崎突临海滩；
潮平白波涣，汐满弥天连。
自古迄今还，万世不易观；
游人何可算，孰不恋巑岏？

游览布势水海赋一首

并短歌。此海者有射水郡旧江村也

济济王多士，愉情同友朋；
连镳临海岸，远近白波乘。
路转涩溪角，寒岩露嶒崚；
松田江迤逦，长滨一眺凭。
更来宇奈比，河水爽清澄；
鹈鹕散湍濑，出没尽其能。
左往复右往，游览兴益增；
此犹未为足，意致难可胜。
泛艇布势湖，清景豁胸膺；
荡舟循近渚，凫鸭喧飞腾。
拍棹回远屿，枝头花薰蒸；
鉴诸二上山，长延不断藤。
愿得长相与，同气乐有恒；
湖山共啸傲，岁岁此频仍。

立山赋一首

并短歌。此山者有新川郡也

越中僻绝天一方，名满天下洋溢洋；
境内群山重重叠，其间流水曲曲长；
独是立山皇神镇，镇在新河郡中央。
杰起雄峰干云汉，夏日常犹雪飞扬；
周流片贝川如带，不舍昼夜奏清商；
朝则朝霞暮为雾，萦回缱绻焉能忘？
何当岁岁遥瞻仰，谁与传言万世彰；
庶使远人不得见，闻名亦可慕崇光。

敬和立山赋一首

并二绝

伫对立山一仰望，朝阳托出神端庄；
卓不负名高耸天，分拨千重白云光。
无冬无夏降皑雪，自古以还此苍茫；
世老生灵几易代，奇岩神怪包太荒。
行看坐看看不厌，高岭深溪两益彰。
曲折湍流滚滚泻，朝朝笼雾夕云张；
云迷雾摄魂欲销，此景此情难可忘。
逝水汤汤千万世，可不传言付久长。

入京渐近，悲情难拨，述怀一首

并一绝

数计二上山，森立几神枞；
四时常青绿，本末同一秾。
我喜得宗昆，朝朝话曲衷；
夕暮携手出，射水共优容。
清音奏河曲，相与立东风。
风紧凑波白，沙鸟起双双；
海人戢萑苇，河口泛小艭。
欸乃听呼应，欢娱未有穷；
职方承帝敕，上计在微躬。
君留我独去，节杖路途中；
跋陟巉岩岭，断隔白云封。
思君日以长，即今已忡忡；
莺啭如贯珠，约腕有玐瑢。
君若为珠玉，佩行不去胸；
不许朝夕共，何以释吾悰？

思放逸鹰，梦见感悦作歌一首

并短歌

越国自古称穷绝，天末皇廷常霏雪。
但见山高水远明，但有旷野草茁茁；
盛夏鲇鱼走清浅，人养沙鹈溯澈洌；
沿流处处篝渔火，遥看中宵时明灭。
秋鸟群飞霜露原，呼朋壮士纵鹰咥。
鹰多熟似我大黑，足系银铃箭尾洁；
朝擒五百夕千只，逐无一失自颃颉；
蔑可再有无与匹，举世之鹰独此杰；
我方莞尔自矜夸，乃被癫狂拙老窃。
雨日阴云擅出弋，第言出弋不言挈；
遂教斜睨三岛野，飞入二上山云揭；
归来一咳一言告，无术招还复何说？
火爇自衷唯叹息，犹冀悲思或得彻。
山阴山阳张网罗，遍布虞人望矇瞡。
献帛神灵社明镜，载祷载待心力竭；
忽梦少女来相告：君爱俊鹰非永诀。
松田江滨曾徘徊，冰见江头啄鲦啮；
回翔多胡岛上天，芦苇旧江偶躄躠。
一昨见之昨又见，未几归来断可决；
近不二日远七日，君无苦思悲切切。
梦中告我言如是，安得真令我心悦。

新川郡渡延槻河时作歌一首

立山应解雪，延槻是其证；
乘肥涉湍濑，浸及双雕镫。

十二日，游览布势水海，船泊于多祜湾，望见藤花各述怀作歌四首

译一

碧波漾朱藤，海底澄清瞩；
白石数磷磷，我见乃珠玉。

译二

碧波漾朱藤，海底澄堪睹；
白石如玉珠，磷磷清可数。

六日，游览布势水海作歌一首

并短歌

丈夫二三子，居素契同心；
幽思木叶繁，驾言出远寻；
欲求明朗镜，开豁我愁襟。
连艇布势海，乘波鼓棹吟；
遥瞻乎布浦，浦上流春霞；
洄溯垂姬崎，朱藤叠重波；
湖滨清且洁，白浪洗平沙；
我爱此风光，依恋弥以加。
今但一日游，岂云尽予欢？
还期岁复岁，相与此盘桓；
唯有布势湖，永怀不可刊；
春花以时盛，秋叶以时丹。